山本周五郎の記憶

横浜の光と影を愛した文豪

目次

山本周五郎の記憶
横浜の光と影を愛した文豪

周五郎 散歩道の記憶

原地図：地理学研究社編「新横浜市街図」（1954 年 五車堂書店）
地図写真提供・横浜市中央図書館

❶ 本牧元町 1946 年 2 月、馬込から一家で転居。

❷ 八聖殿 夢殿を模した八角形の建物。周辺一帯は公園となっていて「食べられる野草」を摘みに行くこともあった。

❸ 間門園 高台にある旅館。1948 年から仕事場とする。1967 年、ここで亡くなった。1989 年に廃業。

行きつけの店

2019 年 4 月出嶋屋の閉店をもって、すべて移転もしくは閉店。

ⓐ やなぎ 日本橋にあった料亭。

ⓑ 出嶋屋 散歩のあと昼食をとった伊勢佐木町にある蕎麦屋のひとつ。

ⓒ かをり 伊勢佐木町のフランス料理店。

ⓓ ボントン 野毛でいきつけのバー。

ⓔ 柳 来客時に利用した関内の料亭。

ⓕ 八十八 馬車道近くにあった、お気に入りの鰻店。

周五郎の散歩道

ルートは一例。脇道を通る日もあり、市電やタクシーも利用した。

——— 間門園から八幡町へぬける「焼き場と寺と墓場のある道」。

——— 間門園から磯子・八幡神社へ。

※周五郎の散歩道、行きつけの店などは「周五郎の横浜地図」（『没後 50 年 山本周五郎展』神奈川近代文学館）を参考にしました。

本牧元町の自宅前で。（1963年。撮影・秋山青磁）

横浜と山本周五郎

小柴俊雄

あの日

山本周五郎は、一九六七（昭和四十二）年二月十四日の朝、仕事場に使っていた横浜市中区間門《まかど》町の旅館・間門園の別棟で心臓衰弱と肝硬変のため死去した。六十三歳の生涯だった。

周五郎は、死の前日まで気力をふるって、朝日新聞日曜版に連載していた「おごそかな渇き」第八回の原稿を書きつづけていた。

「——日本の近海から漁類がなくなり、インド洋やアフリカや地中海まで漁撈にでかけなければならない。」これが絶筆だった。

亡くなる前日の十三日、周五郎は仕事場で、朝日新聞記者・門馬義久と『別冊文藝春秋』の編集者・大河原英與を相手に、いつものごとく水割りウィスキー（サントリーのオールド）をなめていた。かたわらのテープレコーダーからはベートーベンの第五シンフォニーの荘厳な旋律が部屋全部に響きわたっていた。

午後四時半すぎに疲れたから失敬させてもらうよ、と言ってかたわらのベットにたおれこむようにして寝ってしまった。

周五郎は午後八時ごろ眼を覚ました。枕元には心

仕事場としていた間門園の離れへ上がる階段の前で。
（1963 年秋。撮影・秋山青磁）

本牧元町の自宅で。門には本名「清水三十六」を記した表札が見える。表札は、周五郎が亡くなった後、いつの間にか無くなっていたという。（撮影・秋山青磁）

配そうに見守るきん夫人と次男・徹がいた。急報でかけつけた近所のかかりつけの高橋女医が強心剤を注射しようとすると、周五郎は「そんなもの、徒労だよ。」と言った。そして「山へ……」とも言った。

きん夫人は、このときの模様をつぎのように語っている。

これは、主人《うち》が達者だったころ、死ぬときは、人に知られないように、人跡もない山奥へはいって、ひっそり死んで、死体も容易に発見されないような、そんな死に方がおれの理想だ、とよく言っていたことを、もう一度言おうとしたものだったのでしょか。（略）

また、門馬さんのお話ですと、『おごそかな渇き』の取材に、福井県ですか、飛騨ですか、あちらの山へ行きたい、といっていたそうですから、そのつもりの言葉だったのかもしれない、ということでしたが、いずれにせよ、一生あこがれた〝山〟へ行きたい、と願ったのでしょう。」

（清水きん『夫　山本周五郎』）

死が訪れたのは十四日朝の七時十分だった。数日前から降り続いた雪がようやくやみかけていた。

間門園の仕事場で。（撮影・秋山青磁）

間門園

周五郎は、一九四六（昭和二十一）年二月、〝第二の故郷〟である横浜市の中区本牧元町《ほんもくもとまち》へ移った。この家は、桜木町駅から当時走っていた市電の⑤系統間門行に乗って三の谷下車、徒歩で七分ぐらいのところにあった。一坪の三和土《たたき》の玄関、八畳の客間、六畳二間、四畳半の和室、それに三畳ほどの台所がついている古い平屋の住宅だった。

一九四八（昭和二十三）年春、周五郎は、家から市電で三つはなれた間門停留所のまん前の海に面した丘の上にある旅館・間門園の奥の六畳間を仕事場にした。一作を書きあげると自宅にもどり、新しい仕事にかかるとまた間門園にこもるといった暮らしをつづけたが、一九五五（昭和三十）年十一月からは同園の一段上にある別棟を借り受け、そこで執筆にうちこんだ。以後、一九六七（昭和四十二）年二月の臨終の日まで、あしかけ十二年間をここに一人で寝起きすることになる。

伊勢佐木町《いせざき》

周五郎にとって、散歩は重要な日課であった。

「私の散歩道には三つのルートがある。一は丘から丘を越えるルートであり、一は裏町の細い道であり、一はやはり山手の焼場と寺と墓場のある道である。」最後の歳末随筆となった「人生の冬・自然の冬」に、そう書き残している（『雨のみちのく・独居のたのしみ』）。

散策した後は、伊勢佐木町に出るのが定番のルートだった。周五郎は伊勢佐木町を「六大都市のメイン・

間門園下の海岸で。
（1961 年 10 月。撮影・秋山青磁）

伊勢佐木町の日活シネマで切符を買う周五郎。窓口の上には「草の上の昼食」（監督・ジャン・ルノワール）と「ぼくの叔父さんの休暇」（監督・ジャック・タチ）の文字が見える。いずれもフランス映画の名作である。
（1963 年 9 月。撮影・秋山青磁）

日課の散歩で豆口台付近を歩く。
（撮影・秋山青磁）。

ストリートのなかで、このくらいやぼったい無性格な町もないが、またこんなに人情の淳朴《じゅんぼく》なわる賢こさの少ない町も珍しいだろう」と、書くくらい、この町を愛していた（「横浜伊勢佐木町」前掲書）。

周五郎はいつも絣の着ながしに羽織をつけた姿で町を歩いていた。昼めしはたいていそばを食べるが、ゆきつけのそば屋が三軒あり、中でも六丁目の出嶋屋がもっとも好みに合っていた。「そばの味も好ましいし、町の情景も好ましい」と書いている（「六月おおみそか説」前掲書）。

食事のあとは映画館に入るのが習慣だった。「映画を観るというより、館内の暗がりで動く画面をぼんやりながめながら、一、二時間ぼんやりしているといったほうがいいかもしれない」（「暗がりの弁当」前掲書）。しかも「映画そのものよりも、周囲の観客を（気づかれないように）観察し、その会話を聞くのが目的だといってもいいだろう。この習慣は気分の転換にもなるし、仕事の材料も得られるから、晴雨にかかわらず毎日やっている」（「行水と自炊」前掲書）のだという。

映画を見るのがこんな目的だから、きん夫人は次のように述べている

同じ映画館につい二、三日まえにはいったばか

りだったことも忘れてまたはいった、などということはしょっちゅうでした。ところが、ある日横浜東宝だったかの切符売場のお嬢さんが、主人《うち》を追いかけてきて「先生、このまえおいでになったときも、今日と同じ映画でしたから、今日は半額でいいです」と言われた、というのです。

「いいな。東京と横浜は、わずかしか離れていないのに、これだけ人情が違う。横浜は実に人情が純朴だ」と言って喜んでおりました。

（清水きん『夫　山本周五郎』）

「季節のない街」

山本周五郎は、一九六〇（昭和三十五）年、代表作のひとつとなった「青べか物語」を書いた。ある漁師町の人たちと、そこに起こった出来事についての話である。

「季節のない街」は、この「青べか物語」の都会版といっていい。朝日新聞夕刊に一九六二（昭和三十七）年四月一日から十月一日まで連載された。あたかも風の吹き溜まりに塵芥が集まるように、自然にできた「街」で生きる人々の姿を描いた十五の短編で構成された小説だ。

この小説は日課としていた散歩から生まれたものといわれる。周五郎は作品のあとがきで「ここには時限もなく地理的限定もない」と断っているが、「登場する人物、出来事、情景など、すべて私の目で見、耳で聞き、実際に接触したものばかり」とも記している（『季節のない街』）。

「季節のない街」の原型になったと思われる〝街〟は南区八幡町から中村町一帯である。

このことは、一九六六（昭和四十一）年の九月二十二日付朝日新聞に、「舞台再訪―私の小説から季節のない街」というエッセイを寄稿していて、そのかたわらにこの〝街〟の路地を歩く周五郎の写真が掲載されていることからもうなずけられる。

◆主な参考文献◆

『夫　山本周五郎』清水きん（福武書店）
『山本周五郎　横浜時代』木村久邇典（福武書店）
『新潮日本文学アルバム18 山本周五郎』（新潮社）
『雨のみちのく・独居のたのしみ』山本周五郎（新潮社）
『季節のない街』山本周五郎（新潮社）
「舞台再訪―私の小説から　季節のない街」山本周五郎『朝日新聞』昭和四十一年九月二十二日

散歩の途中では、様々な出会いがあったようだ。（撮影・秋山青磁）

蒸気河岸の先生と長《ちょう》少年の再会

浦安再訪　1960年11月
左は長少年のモデル・吉野長太郎。
（撮影・林忠彦）

私たちは蒸気河岸へいった。車を「千本」の前で停め（中略）「ちょっと訊きたいことがあるんだが、このうちにずっとむかし長っていう子がいたんだがね」

いまどうしているか、と云おうとしたとき、店の中で網を片づけていた男が、ひょいと私のほうを見上げて答えた。

「長はわたしですよ」（中略）

細おもてに無精髭《ぶしょうひげ》が少し伸びて、汐《しお》やけのした顔に賢そうな眼《め》が光っていた。古タオルで鉢巻《はちまき》をし、仕事着に半長靴《はんちょうか》をはいていた。（中略）

私はそのとき、あのこまっちゃくれの長であり、浦粕における悪童のうち、唯《ただ》一人だけ私の擁護者であった長に、三十年を経たいままた、こうして背負われるということのふしぎなめぐりあわせに、心の奥深くからの感動とよろこびを味わっていたのであった。

「三十年後」（『青べか物語』新潮社）より抜粋。

「須磨寺附近」のヒロイン康子のモデル・
木村じゅん（右から２人目）とともに。
左端が周五郎。

作品の記憶

黒川昭良

「さぶ」

――東京・石川島

おれは島へ送られてよかったと思ってる、寄場であしかけ三年、おれはいろいろなことを教えられた

物語は映画のワンシーンのような描写で始まる。

小雨が靄《もや》のようにけぶる夕方、両国橋を西から東へ、さぶが泣きながら渡っていた。

舞台は江戸時代。さぶは屏風《びょうぶ》やふすまなどを仕立てる経師屋《きょうじや》の職人だ。

「おら、ほんとにとんまで、ぐずで能なしだ」。自らも認める愚鈍な青年である。この日も店の女将《おかみ》に叱られ、奉公先から実家に逃げ帰ろうとしていたのだ。さぶを追いかけて引き留めたのが職人仲間の栄二。さぶと違って男前で職人の腕も達者だ。好対照の同い年の二人だが、絆は強い。栄二のお荷物になることを気にするさぶに、栄二は胸のうちを語っている。

おまえはな、……いつも気持ちを支えてくれる大事な友達なんだ

栄二の夢は独立してさぶと一緒に店を持つことだった。ところが、ある日、〝暗闇〟に突き落とされる。あろうことか、盗人の濡れ衣を着せられ、人足寄場《にんそくよせば》に送られるのだ。

人足寄場――それは幕府が隅田川河口の石川島につくった収容所である。押し込められているのは無宿人や軽犯罪者など世間からはみ出た人間ばかり。身に覚えのない罪で放り込まれた栄二が自暴自棄になり、自分を陥れた者への復讐の鬼と化しても不思議ではない。目に入る全てのものを憎み、誰とも口をきかない日々が続いた。

しかし、氷のように固く閉ざされた栄

かつての人足寄場跡は緑の公園に生まれ変わっている。

佃島渡船場跡。佃の渡しは島の住民だけでなく、住吉神社への参詣や造船所で働く人たちの通勤用にも利用された。

二の心も少しずつ溶けていく。栄二を変えたのは、寄場の人足との触れ合いであり、仕事もそっちのけで、差し入れを持って寄場に通い詰めるさぶの献身的な存在である。

大嵐が島を襲った時のことだ。避難のため我れ先にと舟に殺到する者たちを栄二は必死に止める。「みんなの力を合わせりゃ、この島ひとつ守れねえことはねえぞ」。それに応えて人足が一丸となって寄場を守り抜いた。

栄二が崩れた石垣の下敷きになった時には、まるで兄弟や自分の子どもかのように懸命になって救助にあたった。

重傷を負った栄二は自らに問う。

わからない、どういうことだ、……——おれはこの人たちになにをしてやった覚えもない、……しかもこの人たちはおれのために心配し、こんなに劬《いたわ》ったり慰めたりしてくれる、……まるで……兄弟同様じゃないか。

この物語を貫くテーマは「人と人との絆」にある。

周五郎はこのことを登場人物に繰り返し語らせている。

寄場にあって栄二の世話を焼く、父親のような存在の与平は優しく諭す。

栄さん、一人ぼっちっていうのは間違いじゃないか……
おまえさんは決して一人ぼっちじゃあなかったし、これから先も、一人ぼっちになることなんかあ決してないんだからね

心を閉ざす栄二に、寄場役人の岡安喜兵衛が静かに語りかける言葉も味わい深い。

おまえは気がつかなくとも……この爽やかな風にはもくせいの香が匂っている、……心をしずめて息を吸えば、おまえにもその花の香が匂うだろう。

人には〝暗闇〟に落ちて初めて見えるものがある。〝暗闇〟だからこそ気づくものがあるのだ。

「もくせいの香」――それは、さぶや与平や人足寄場の仲間のように、陰で温かく見守り、見えない形で支えてくれている人たちのことだ。

これまでは気にも留めなかったが、人足寄場という〝暗闇〟に突き落とされて、栄二はそのことが分かったのだ。

□　□

かつて人足寄場があった地にはタワーマンションが建ち並んでいる。
河畔の白い建物は往時を物語る石川島灯台のモニュメント。

東京の真ん中をゆるやかに流れる隅田川。人足寄場はかつて河口近くの石川島にあった。

訪ねてみると、寄場跡にはタワーマンションが林立し、往時の面影を探すのは難しい。隅田川沿いに整備された遊歩道を歩いていると、強い日差しを浴びながらジョギングに汗を流す住民とすれ違う。川面に目をやれば、宇宙船のような洒落《しゃれ》たデザインの水上バスが上り下りする。人足寄場があった頃は島の西岸に立てば、遥か富士山を拝めたというが、今は高層ビルが建ち並び、望むべくもない。

歩くこと十分余り、左手に白いモニュメントが目に入ってきた。石川島灯台だ。六角二層の常夜燈は江戸末期、隅田川を航行する舟の安全のために、寄場の人足の手で建造されたという。碑文には、公園の整備にあたって当時の灯台を再現したと記されている。

楼に登り、隅田川に臨みながら物語を締めくくるさぶの言葉を思い浮かべていた。

おらだよ、ここをあけてくんな、さぶだよ

そして、自問した。

私にとってのさぶはいったい誰なのだろうか、と――。

石川島人足寄場

人足寄場は一七九〇（寛政二）年、「鬼の平蔵」こと火付盗賊改・長谷川平蔵の献策でつくられた。罪を犯したり、家出などで人別帳から外された「無宿人」を収容し、社会復帰させることが目的だ。背景には「天明の大飢饉」がある。食糧危機で故郷を捨てた無宿人が江戸市中にあふれ、深刻な治安悪化を招いていたのだ。

寄場では職業訓練に取り組み、労働に対しては賃金が支払われた。再犯を防ぐための「心学」の講義もあり、現在の刑務所の源流ともいえる。

その後、石川島には石川島造船所（現在のＩＨＩの母胎）が創設され、近代的造船業の発祥地として栄えた。

石川島に隣接する佃島と対岸を結ぶ「佃の渡し」は東京オリンピックが開かれた一九六四（昭和三十九）年に佃大橋が完成するまで、庶民の足として親しまれた。現在、渡船場跡は東京都中央区の区民文化財に登録されている。

石川島灯台

石川島灯台（常夜燈）は1866（慶応２）年に完成した。最も喜んだのが近在の漁師だったという。

「赤ひげ診療譚《しんりょうたん》」

——東京・小石川植物園

その門の前に来たとき、保本《やすもと》登《のぼる》はしばらく立停って、番小屋のほうをぼんやりと眺めていた。宿酔《ふつかよい》で胸がむかむかし、頭がひどく重かった。
「ここだな」と彼は口の中でつぶやいた、「小石川養生所《ようじょうしょ》か」

時は江戸時代にさかのぼる。未曾有の飢饉《ききん》に襲われ、都市も農村も疲弊していた。幕府は貧しい病人を救済するための医療施設を開いた。その名を「小石川養生所」という。今は小石川植物園と呼ばれ、都心のオアシスとして親しまれている深い森の一隅にその名残をとどめている。『赤ひげ診療譚』はここを舞台に繰り広げられる。

物語は若き見習い医師の保本登と養生所長の「赤ひげ」こと新出去定《にいできょじょう》を軸に進む。長崎で先進のオランダ医学を学んだ登は幕府の御目見医《おめみえい》として出世が約束されているはずだった。ところが、許嫁《いいなずけ》に裏切られ、揚げ句の果ては養生所に住み込みで働くことになったのだ。

そこで目にしたのは、みすぼらしい身なりの浮浪者や貧乏人ばかり。遊女屋に売られた子どもがいれば、貧しさに耐えかねて幼子を道連れに心中を図った一家も運び込まれてくる。登はいや応なしに社会の暗部を突き付けられる。

その登に大きな影響を与えるのが「赤ひげ」である。世に聖人君子を気取って正論をぶつ輩《やから》は多い。赤ひげはむしろ逆だ。その半生はベールに包まれている。登に語った言葉から想像するしかない。

おれは盗みも知っている、売女《ばいた》に溺《おぼ》れたこともあるし、師を裏切り、友を売ったこともある、おれは泥にまみれ、傷だらけの人間だ、

赤ひげ自身も心に深い傷を負った人間なのだ。だからこそ虐げられた者の心情がわかるのだろう。その口からほとばしる言葉は力強く、胸を貫く。

ここで行われる施薬や施療もないよりはあったほうがいい、しかし問題はもっとまえにある、貧困と無知さえなんとかできれば、病気の大半は起こらずに済むんだ

社会の底辺でもがき苦しむ者たちの弱さも醜さも、すべてを受け止める赤ひげ。二人の魂がぶつかり合う中で、かたくなだった登の心は次第に変化していく。この作品は登の成長の物語でもある。

そうだ、養生所で経験したことが、たぶん幾らかでもおれを成長させたのだろう、そうだ、おれにとってはこのほうがよかった

そして、登はある決断をするのである。

□　　□

養生所があった小石川植物園には鮮やかな緑の森が広がっている。

養生所があった小石川植物園を訪れたのは新緑がまぶしい雨上がりの午後のことだ。平日とあって人影はまばらだった。雨でぬかるんだ小道を水溜《たま》りを避けながら三十分ほど歩いただろうか。クスノキやイチョウの森が途切れた空き地に井戸の跡を認めることができた。その昔、養生所で使われたものだという。

目を閉じると物語のラストシーンが浮かんできた。登があれほど望んでいた出世の道を蹴って養生所に残ることを赤ひげに伝える場面だ。

「私は力ずくでもここにいます」……

「おまえはばかなやつだ」

「先生のおかげです」……

「若気《わかげ》でそんなことを云っているが、いまに後悔するぞ」

「お許しが出たのですね」

「きっといまに後悔するぞ」

「ためしてみましょう」登は頭を下げて云った、「有難うございました」

貧しき者への医療に生涯を捧げる決意をする登。赤ひげはそれを不器用な温かさで包み込む。

短い言葉のやり取りに込められた、師弟の固い絆に胸が熱くなる。

木漏れ日が差す昼下がり、ぬかるみの道を赤ひげの背中を追うように力強く歩

かつて養生所で使われていた井戸。関東大震災では避難者の貴重な飲料水として活用されたという。

小川凧店には所狭しとさまざまな凧が飾られている。

む登——。

あの日、植物園で見たように思ったのは春の日の幻だったのだろうか。

小川笙船と小石川養生所

日本で初めての病院とも言うべき小石川養生所が誕生したきっかけは、江戸・小石川の漢方医である小川笙船《しょうせん》(一六七二〜一七六〇)が目安箱に投じた一通の請願書だった。病気やケガで苦しんでいる貧しい者たちを救う医療施設「施薬院」をつくってほしい——。町医者として市井の人々の治療に当たっていた笙船は、医者に診てもらえず、薬も買えない貧者の惨状を目の当たりにしていたのだろう。将軍に投書で訴え出たのだ。

それを読んだ八代将軍徳川吉宗はすぐに動いた。施薬院開設のための医療体制や施設建設、予算などについて笙船と協議して詳細を詰めるべし——と側近に命じたのだ。

そして、薬草を栽培していた幕府の「小石川薬園」の一角に養生所が開かれたのは、笙船の嘆願からわずか一年後のことだ。このスピード感には驚嘆するばかりである。

□　□

両国国技館から歩くこと約二十分。目指す「小川凧《たこ》店」は隅田川左岸のビルの一階にあった。明治二十五年の創業から凧の制作を手がけている。三代目当主の小川光男氏は小川笙船の末裔《まつえい》にあたる。養生所と凧——。この異色の組み合わせについて光男氏に伺った。

享保七(一七二二)年十二月に小石川養生所が開所すると、発案者の笙船は支配人として「肝煎《きもいり》」に任じられ、その地位は代々、小川家の世襲となった。

ところが、明治維新で養生所は廃止され、小川家は家屋敷まで没収されたという。医師だった曽祖父は薩長出身の警察官に学問を教え、細々と暮らしていたが、内職としていた凧づくりを本業にすべく、祖父・種四郎氏と兄二人が一念発起して凧店を開業したということだ。

小川家には代々伝わる家宝があったという。それは笙船が将軍吉宗から拝領した小刀だ。貧者救済のために小石川養生所の設立に尽力した功績を称《たた》えたものなのだろう。先の東京大空襲で行方が分からなくなったことが惜しまれる。

光男氏の話を聞きながら、「赤ひげのモデルは小川笙船か？」という命題が頭をよぎった。と言うのも、光男氏の風貌が本で読んだ赤ひげのそれと、あまりにも似ていたからである。

角張った顔つきで、……長くて濃い眉毛の下に、ちから強い眼が光っていた。「へ」の字なりにむすんだ唇……

世には、「赤ひげ＝小川笙船」を肯定する説も、否定する説も存在する。今となっては周五郎に問い質す術《すべ》はないが、二人の志に相通ずるものがあることだけは確かだ。

植物園内には亀も生息している。

小石川植物園

『赤ひげ診療譚』は一九五八（昭和三十三）年に「オール讀物」に連載されたもので、八編のエピソードが収録されている。一九六五（昭和四十）年には黒澤明監督により映画化され、赤ひげを三船敏郎、登を加山雄三が演じた。

小石川植物園は一六八四（貞享元）年に徳川幕府が開いた「小石川御薬園」がその前身。養生所は一七二二（享保七）年に開設され、明治維新まで続いた。奉行所の管轄下にあり、四十人（後に百七十人）の患者を収容することができた。養生所の井戸は水質がよく、水量も豊富で、一九二三（大正十二）年の関東大震災では避難者の飲料水として活用された。植物園は現在、植物学の研究・教育を目的とする東京大学の附属施設になっている。

「須磨寺附近」

—— 神戸・須磨

ここが須磨寺だと康子が云《い》った。池の水には白鳥が群れを作って遊んでいた、雨がその上に静かに濺《そそ》いでいた。池を廻って、高い石段を登ると寺があった。

周五郎は一九二三（大正十二）年九月の関東大震災の後、東京を逃れるようにして関西に向かった。落ち着いた先は神戸の須磨だった。小学校時代に親しかった級友と一緒に、その姉の嫁ぎ先に寄宿したのである。この女性こそ少年時代から周五郎が憧れていた人だった。

わずか五カ月の滞在だったが、このときの体験を題材に描いたのが『須磨寺附近』である。

清三は青木に迎えられて須磨に来た。須磨は秋であった。青木の嫂《あによめ》の康子はひじょうに優れて美貌《びぼう》だった。……「君なら一眼で恋着するだろうなあ」

青木は話の出るたびにかならずそう云《い》ったものである、……

『須磨寺附近』は大正十五年四月号の「文藝春秋」に掲載された文壇デビュー作である。懸賞小説に応募した短編で、周五郎は当時二十二歳の文学青年だった。「山本周五郎」の筆名もこれに始まる。

主人公の名前の「清三」は周五郎の本名「清水三十六《さとむ》」から取っているとみて間違いなかろう。つまりこの作品に自らを投影したわけだ。

五つ年上の美しい人妻に心惹《ひ》かれ、悶《もだ》え苦しむ清三。その想いを受け止めるかのようにほのめかしながら、純情な青年を翻弄《ほんろう》する康子。そんな二人のやり取りを初々しい筆遣いで描いている。

例えば、清三が病に臥《ふ》せっている場面だ。

深い緑に囲まれた須磨寺の境内。

須磨寺近くの大池。かつては「新吉野」と呼ばれた桜の名所。
物語では、雨が降る夕暮れ時、 康子は清三を案内している。

清三は何かに驚いて眼を覚ました。とちょうど仰臥《ぎょうが》した彼の鼻の先に康子の顔が近づいているところだった、……清三の手が本能的に康子の膝《ひざ》へ伸びていった、康子はその手をしっかりと握った――……二人はしばらく黙って手を握り合ったままでいた、……

「我慢なさい」

程経て康子がそう呟《つぶや》いた、そして……立って階下へ去った。

この作品については周五郎研究の第一人者である木村久邇《くに》典《のり》氏の解説がしっくりと胸に落ちる。

女性が生まれながらにして持つ神性と獣性は、青年にとって常に古くして新しい永遠の謎《なぞ》である。作者はこの基本課題に真正面から取り組んでいる

編集者として、また、友人として二十年もの歳月を共にしてきただけあって、端的に本質を突いている。

同時に忘れてならないのは、この文壇処女作にして、すでに「作家・山本周五郎」

が生涯をかけて追い求めるテーマの輪郭を伺い知ることができるということだ。
それは、康子が須磨寺で清三に問いかけた言葉にある。

「清水さん」

康子は傘を拡《ひろ》げようとしながら清三の顔を見て云った。

「あなた、生きている目的が分かりますか」

「目的ですか」

「生活の目的ではなく、生きている目的よ」

六十三歳で没した周五郎は四十年余りの作家生活の中で実に多くの作品を世に送り出した。武家もの、下町もの、岡場所もの、現代もの…。手掛けたジャンルは多岐にわたる。
しかし、「英雄、豪傑、権力者の類にはまったく関心がない」と本人も語っているように、壮大な作品群の背骨を成しているものは、名もなき市井の人々の生き様だ。殊に貧困や病苦や絶望の淵にあり

須磨寺の境内から望んだ瀬戸内の海。

ながらも、ひたむきに生きる凛《りん》とした人間の美しさにある。

人間は何を為《な》したかではなくて、何を為そうとしたかだ

木村久邇典『素顔の山本周五郎』

これこそが周五郎が作家生命を賭けて追い求めたテーマなのだ。

□　□

源平ゆかりの古刹・須磨寺は、昔ながらの門前町の風情を残す商店街を抜けた先にあった。

まず訪れたのは周五郎の文学碑だ。

仁王門の手前にある小さな橋を渡った左手に、樹々に隠れるようにひっそりと建っていた。碑には「須磨は秋であった」――に始まる『須磨寺附近』の一文が記されていた。裏側をのぞき込むと、そこには読者に宛てた周五郎の遺書とされる一文が刻まれていた。

夕暮れが迫る須磨海岸。遥か水平線に淡路島の島影が浮かんで見える。

貧困と病気と絶望に沈んでゐ《い》る人たち
のために
幸ひと安息の恵まれるように

周五郎

仁王門を抜け、蝉時雨に迎えられるように高い石段を登った先には緑深き森を背景に境内が開けていた。

清三と康子が語り合ったという朱色の小さな山門を探し求めてしばし彷徨《さまよ》っていると、目に飛び込んできたのは、はるか眼下に輝く瀬戸内の海だった。

誘われるようにして、夕暮れが迫る須磨の海岸まで足を伸ばしてみた。

浜辺では、夕日を拝むように恋人たちがたたずみ、遠く淡路島の島影が水平線にぼんやりと浮かんでいた。

月が佳《い》いから浜へ行こう

康子に誘われて清三が散策した須磨の浜はこのあたりだろうか。

平敦盛と熊谷直実の一騎打ちを再現した「源平の庭」。

『須磨寺附近』の一文が刻まれた周五郎の文学碑。

須磨寺

一ノ谷の戦いで勝利した源氏の大将・義経の陣地があったと伝えられる須磨寺。境内を回ると、「義経腰掛けの松」や「弁慶の鐘」など古《いにしえ》の面影を今に伝える遺物を目にすることができる。

その一つが「敦盛公首塚」である。

清盛のおいの平敦盛は熊谷直実と須磨の波打ち際で一騎討ちをして虚しく果てる。息子と同じような年頃の若武者を手に掛けざるを得なかった直実は、戦の世に無常を感じて出家する。平家物語第九巻に収められた「敦盛最期」は多くの者の涙を誘う名場面だ。

このとき、敦盛が腰に挿していたという「青葉の笛」は今も寺の宝物館に展示されている。仁王門からの参道脇には二人の一騎打ちを再現した「源平の庭」があり、見応えがある。

須磨寺には古来、名だたる文人墨客が訪れている。

その一人、与謝蕪村は敦盛を偲んで詠んでいる。

笛の音に　波もよりくる　須磨の秋

「樅ノ木は残った」

――宮城県・船岡城址公園

雪はしだいに激しくなり、樅ノ木の枝が白くなった。空に向かって伸びているその枝々は、いま雪を衣《き》て凛《りん》と力づよく、昏《く》れかかる光の中に独り、静かに、しんと立っていた。

今から遡ること三百五十年余り。四代将軍徳川家綱の治世のことである。奥州仙台藩では幼君亀千代（後の四代藩主伊達綱村）の後見として実権を握った伊達兵部が御家乗っ取りを企て、それを阻止しようとする忠臣派との間で御家騒動が巻き起こった。

　世に言う伊達騒動である。

　そこに登場するのが家老の原田甲斐だ。兵部と結託した甲斐は、幕府の評定の席で兵部の非を訴え出た伊達安芸を斬殺し、自らもその場で斬り殺される。歌舞伎や講談では悪逆無道の逆臣として伝えられてきた。

　このような従来の見方を一変させ、新しい視点で原田甲斐を描いたのが周五郎の代表作のこの物語である。

　その視点とは、甲斐が己の身や名誉を捨てて兵部の懐深く入り込み、安芸ら忠臣派とひそかに手を結んで伊達六十二万石を守った烈士である、というものだ。

　謀《はかりごと》は密なるを貴《たっと》ぶ――。中国兵法の教えにある。計略は決して外部に漏れてはならない。兵部を謀《たばか》るためには、まず身内から欺かなければならなかった。

「甲斐は兵部に寝返った」。そのように周囲に思わせることで、甲斐を敬慕していた多くの者が離れていった。血気盛んな若者の中にはその命を狙う者さえ出てくるのだ。

　甲斐は同志の一人に語っている。

侍にとって「忠死」が本望であることにまちがいはない。しかし侍の「道」のためには、ときに不忠不臣の名も甘受しなければならぬばあいがある。

街を見下ろす展望デッキには物語ゆかりの樅ノ木が立っていた。

「樅ノ木は残った」の一節がきん夫人の文字で刻まれた文学碑。樅ノ木の傍らに建つ。

船岡城址公園には山肌を這うように曼珠沙華が咲き乱れていた。

兵部は要所々々に間諜を放っていた。そのことを察知していた甲斐は徹底して身内を欺く。

死の床にある友人に「せめてひと言、真実を聞かせてくれ」と懇願されても、「死んで魂になれば、何もかも見通すことができる」と非情に口を閉ざす。

甲斐をもっとも信頼していた者からも「彼は人間が変わりました。もうだめです」と見放される。

大義のために、耐えて耐えて、耐え忍び、末代までの悪名を甘受して、主家のために殉じた甲斐。悲壮とも言えるその姿からは凛とした力強さがひしひしと伝わってくる。

物語には甲斐と同じように「道」を貫く者が登場する。原田家の若き家臣、塩沢丹三郎もその一人だ。

幼君を毒殺するという噂が流れ、丹三郎は毒見役を願い出るのである。情報通り、御膳には毒が盛られ、丹三郎は自らの死を以って幼君を守った。

本来なら「忠死」であり、褒章もされ、その名を歴史にとどめたであろう。しかし、主君毒殺の陰謀は「弑逆《しいぎゃく》の大罪」である。仙台藩取り潰しの格好の口実になる。まさにそれこそが兵部の狙いだった。

甲斐は毒殺を隠蔽《いんぺい》し、丹三郎の死を食中毒として始末する。いわば「犬死」として扱ったのだ。

丹三郎の母は遺体を前に気丈に語る。

世間にはどう伝えられましょうとも、

自分の死ぬことに少しでも意義があり、多少でもお役に立ったと、知って下さる方があれば満足です、丹三郎はそう申しておりました

甲斐や丹三郎が大義のために耐え忍ぶ〝美学〟を貫いたとすれば、その一方では、大義を全うするために、信ずる道を奔放に突き進む快男子もいる。伊東七十郎である。

伊達家家臣の縁者ではあるが、自身は一粒の扶持《ふち》も下賜されてはいない。竹を割ったような気性や歯に衣着せぬ物言いが慕われ、伊達藩の諸家に出入りしていた。

無禄の身ながら、御家乗っ取りの黒幕である兵部に天誅を加えようとして捕縛され、斬首される。

処刑四日前に認《したた》めた辞世が遺《のこ》されている。

人心《じんしん》惟れ危《あや》うく
道心《どうしん》惟れ微《び》なり
惟れ精《せい》惟れ一《いつ》
允《まこと》に厥《そ》の中《ちゅう》を執《と》れ

「書経」に伝わる箴言《しんげん》である。意味するところは、欲にくらみがちな人間の心は危険であり、道にかなった心は微《かす》かにして見えにくい。それゆえ、雑念を払って中庸の道をとることに努めよ――という教えだ。

七十郎は武士の一分を貫き通し、壮烈な最期を遂げたのである。

□　□

原田甲斐の所領があった船岡の地は、仙台から電車に揺られること三十分余り。「一目千本桜」で有名な白石川堤を遥《はる》かに見下ろす峻険な山の頂に、かつて船岡城が建っていた。

訪れたのは秋の彼岸の頃とあって、桜に代わって、山肌を這《は》うように真紅に染まった曼珠沙華が迎えてくれた。紅い絨毯《じゅうたん》に誘われるように山道を登っていくと、一つの石碑が目についた。

伊東七十郎辞世の碑とある。

「人心惟れ危うく、――」

曼珠沙華に囲まれた伊東七十郎辞世の碑。

船岡城の本丸があった山頂にはスロープカーで登ることができる。

あの処刑四日前に詠んだ辞世が刻まれていた。

さらに進んでいくと、視界が開け、そこには一本の大きな樅ノ木が立っていた。

物語の中で甲斐は語っている。

山頂から仙台方面を望む。緩やかに流れる白石川堤は春になると「一目千本桜」で紅に染まる。

私はあの木が好きだ……船岡にはあの木がたくさんある、……静かな、しんとした、なにものを云わない木だ……風や雨や、雪や霜にもくじけずに、ひとりでしっかりと生きている、

節目々々に登場する樅ノ木はどのような意味を持っているのだろうか。

その花言葉は「永遠」「誠実」とある。厳しい寒さに耐えて、緑の葉を茂らせる樅ノ木。永遠なるものには「誠」が宿るのであろう。それは、孤高を持する甲斐の生き様そのものであり、化身とも言える。周五郎はそこに、人としてのあるべき姿を重ねていたのかもしれない。

――と、樅ノ木を仰ぎ見ながらぼんやりと考えた。

振り返ると、眼下には蛇行する白石川に沿って緑豊かな街並みが広がり、遥か遠くに蔵王の峰々が霞んで見えた。

その昔、甲斐はこの景色をどのような想いで眺めたのだろうか。

船岡城址公園

原田甲斐ゆかりの船岡のシンボルだった船岡城は自然地形を利用した典型的な山城だった。城郭などの建物は現存していないが、一帯は公園として整備され、四季を通じて美しい花々に彩られる。

訪れる人のお目当ては、物語ゆかりの樅ノ木だろう。蔵王の峰々に相対《あいたい》するかのように山の中腹にそびえ立っている。傍らには山本周五郎文学碑があり、きん夫人の流麗な文字で小説の一節が刻み込まれている。

「樅ノ木は残った展望デッキ」と名付けられた場所からの眺望が絶景だ。春には白石川堤を紅に染める「一目千本桜」を眼下に眺め、冬には真っ白に雪をかぶった蔵王の山並みが輝いて見える。「みやぎ蔵王三十六景」の一つに選ばれている。

本丸があった山頂へはスロープカーで結ばれており、高さ二十四メートルの巨大な船岡平和観音像が迎えてくれる。近くには原田甲斐の三百回忌にあたる昭和四十五（一九七〇）年に建立された供養塔もある。

「青べか物語」

——千葉県・浦安市

その「青べか」は浦粕《うらかす》じゅうで知らない者のない、まぬけなぶっくれ舟であり、なかんずく子供たちには軽侮と嘲笑《ちょうしょう》の的であった

「浦安」といえば、今では夢のテーマパーク・東京ディズニーランドの名とともに広く知られるようになったが、かつては葦原《あしはら》や干潟が広がる漁師町だった。周五郎は昭和三年の夏から翌年秋までの一年余り、この地で暮らしている。駆け出しの青年作家としての野望と挫折を抱えていた頃のことだ。

『青べか物語』はここで見聞きしたことが素材になっている。

浦粕町は根戸川のもっとも下流にある漁師町で、貝と海苔《のり》と釣場とで知られていた。……

北は田畑、東は海、西は根戸川、そして、南には「沖の百万坪」と呼ばれる広大な荒地がひろがり、その先もまた海になっていた。

ここでいう「浦粕町」が「浦安」のことである。周五郎自身も語り手の「私」として登場する。商業新聞や少女雑誌に寄稿してわずかな原稿料を稼ぎ、足りない分は恩人の援助で暮らしをたてる売れない作家だ。しばしば蒸気船を利用して東京に出ることから、地の人からは「蒸気河岸《がし》の先生」と呼ばれていた。

物語に描かれた三十余りの小編には老若男女、実に多くの人物が登場する。数えただけでも九十人を超える。

貧しく朴訥《ぼくとつ》だが、中には「他所者《よそもの》からうまくせしめる」といった狡猾で油断のならない者もいる。しかし、誰もがどこ

物語に登場する船宿「千本」のモデルになった「吉野屋」。周五郎は浦安に住んでいた頃、この二階に下宿していたことがある。

かつて蒸気船の発着所として
にぎわった蒸気河岸跡。

か憎めない味わいを醸し出しているのだ。

例えば、「青べか」を「私」に売りつけた芳爺《よしじい》だ。べか舟とは一人乗りの平底舟で、この地では貝や海苔採りに使われていた。ところが、「青べか」は胴が膨れて不格好なうえ、青いペンキが塗られ、見るからに野暮《やぼ》ったい。「マラソン選手の中へ、ヘビイ・ウェイトの重量挙げ選手がまぎれこんだようである」。晩年、周五郎は回想している。

しかし、芳爺は諦めない。言葉巧みに「私」を追い詰めていく。

先生はこの土地のことを詳しく見てえって云ってたんべが……そんなら岡の上べえ歩きまわってもしょあんめえじゃ、根戸川のまわりだの……沖へも出てみるがいいだ、それにはこの舟さえあれば用が足りるだよ

芳爺にしてやられて、高い買い物をした「私」だが、「青べか」は、いつしか浦粕での暮らしには欠かせないものになっていく。執筆に詰まったら海に出て釣りをしたり、本を読んだり、昼寝をしたり――、そして何よりも、「青べか」が取り持つ不思議な縁で土地の人との出会いが次から次へと生まれていく。

人気のない葦原に係留された廃船でひっそりと暮らす幸山船長もその一人である。秋の一夜、「私」は船長から若かりし頃の恋物語を聞くことになる。

浦安市郷土博物館に展示されている「べか舟」。最盛期には川を埋め尽くしていたという。

相手は一つ年下の雑貨屋の娘だ。しかし、あどけなくもいじらしい初恋は親の反対で三年で終わりを告げた。他家への結婚が迫ったある日、娘はひそかに船長を訪ね、人形箱を手渡した。

躯《からだ》は嫁にゆくが自分の心はこの人形にこめてある、どうかこれを私だと思って持っていってくれ。そう云って泣いた。

娘の嫁ぎ先は船の航路沿いにあった。船長が乗った船が通ると、娘は土手に姿を見せた。手を振ることも、言葉を交わすこともない、短くもはかない逢瀬は何年も続いた。娘が病気で亡くなるまで――。

この世ではもう二度と逢えない。船長は悲しみや絶望に打ちひしがれる一方で、一種ほっとしたような、うれしいような気分が生まれていったという。

どう云ったらいいか……
そうさな、あのこは死んでおらのとけへ戻って来た、っていうふうな気持ちだな、……おらそれから、人形箱の埃《ほこり》を払っただよ

このように、『青べか物語』には名もなき漁師町を舞台に、貧しく素朴だが、土地にしっかりと根を下ろした人間模様が、巧みな筆でいきいきと描かれている。

「ごったくや」と呼ばれるいかがわしい小料理屋で、他所者としたたかに渡り合う女たちや、両親に捨てられ、幼い妹を抱えながらもたくましく生きる少女――。

読む者は、時に胸を詰まらせ、時にニヤリと笑みを漏らす。情感あふれる周五郎の世界に我を忘れて引き込まれるに違いない。

□　□

「青べか」が取り持つ縁で、少しずつ土地に溶け込んでいった「私」だが、ある日、人知れず町を去る。

私は浦粕から逃げだした。その土地の

生活にも飽きたが、それ以上に、こんな田舎にいてはだめだ、ということを悟ったからであった。

この件《くだり》は若き周五郎の実体験と重なる。自身が浦安時代に書き留めた『青べか日記』を読むと、職を失い、原稿用紙を買う金もなく、蔵書を売って糊口《ここう》をしのぐ赤貧の生活が伝わってくる。しかし、どん底にあっても書くことへの執念だけは捨てなかった。

今こそ、予に残っているものは、唯一つ〝創作の歓び〟是丈《これだけ》だ。予は最後の宝玉を……抱いて、明日の道へと踏み出す

『青べか日記』

この言葉に違《たが》わず、浦安での得難い体験をいつか〝文学〟に昇華したいと温めていたのだろう。書きたいテーマが己の中で十分熟し切ったときに初めて原稿用紙に向かったという周五郎。『青べか物語』を世に送り出したのは、浦安を去ってから実に三十年後のことである。

浦安市郷土博物館では、漁師町として活気にあふれていた昭和二十年代の浦安の街並みを再現している。

浦安のまち

物語の舞台になった昭和初期の浦安は三方を江戸川と東京湾に囲まれ、渡し船や定期船が主要な交通手段だった。そのため、東京に隣接しながら、他の地域とは隔絶された漁師町特有の気風にあふれていた。ところが、一九四〇（昭和十五）年に浦安橋が架かり、一九六九（昭和四十四）年には地下鉄が開通したことで都市化の波が押し寄せ、街の様子は一変した。

物語の題名にもなった「べか舟」——。最盛期には千数百隻が川を埋め尽くすように係留されていたというが、今では目にすることはほとんどない。代わりに浦安市郷土博物館に行けば、復元されたべか舟を目の当たりにすることができる。

博物館には、昭和二十年代の浦安の街並みを再現したエリアもあり、足を踏み入れると、漁師町としてにぎやかだった往時の雰囲気の一端を味わうことができる。船宿や銭湯に混じって、〈私はわずかな稿料がはいると、よく天鉄へいってめしを喰べた〉と物語にもたびたび登場する天ぷら屋の「天鉄」もあり、店内には周五郎の資料も展示されている。

「寝ぼけ署長」

——横浜・本牧

とにかくあんな風変わりな署長はこの市《まち》はじまって以来あとにも先にもみたことがないですね、なにしろ五年の在任ちゅう、署でも官舎でもぐうぐう寝てばかりいるので、口の悪い毎朝《まいちょう》新聞などは逸早《いちはや》く「寝ぼけ署長」という綽名《あだな》を付けるし、署内でもお人好《ひとよ》しでぐうたら兵衛《べえ》でおまけに無能だという専《もっぱ》らの評判でした。

物語の舞台は昭和初期の某地方都市。そこで繰り広げられる十の事件を、杓子《しゃくし》定規な法解釈にとらわれず、人情味あふれた決着をつけるのが「寝ぼけ署長」こと、五道三省《ごどうさんしょう》だ。

いかめしい名前だが、その風貌は滑稽《こっけい》とも言える。

たいへん肥えた人で肩などは岩のように盛上がっていました、顎《あご》の二重にくくれた、下腹のせり出した、かなり恰好《かっこう》の悪い軀《からだ》つきです、細い小さな眼はいつもしょぼしょぼしているし、動作はなんとなくかったるそうだし、言葉つきはただたどしくてはっきりしないし、……

「疲れた牡牛《おうし》という鈍重な感じ」がする五道。ところが、地元の裁判所や検察庁のトップが同窓だったり、官房主事にも推薦されたという経歴などから推察するに、帝大法科出身の内務官僚とお見受けする。本来なら輝かしいエリートコースが約束されていたはずである。

なぜ、一介の警察署長の椅子に納まっているのか——。

このなぞは、犯罪に手を染めてしまった弱き者や貧しい者に向き合う五道の生き様を読み進めていくうちに解けてくる。

例えば、有力者の邸宅から高価な首飾りが紛失した事件（「一粒の真珠」の章）を見てみよう。哀れにも小間使いの娘に嫌疑がかけられ、留置場に放り込まれてしまう。

このことを知った五道は沈痛に語る。

貧乏は哀《かな》しいものだ、……こんなときまず疑われるのは貧乏人だから……本当に貧しく、食うにも困るような生活をしている者は、決してこんな罪を犯しはしない、かれらにはそんな暇さえありはしないんだ、……犯罪は懶惰《らんだ》な環境から生れる、安逸から、狡猾《こうかつ》から、無為徒食から、贅沢《ぜいたく》、虚栄から生れるんだ

五道の見立て通り、首飾りは有力者の令嬢が恋人の借金返済のために盗んだも

横浜市役所前通り（横浜開港資料館蔵）
「寝ぼけ署長」の舞台は昭和初期の某地方都市だ。横浜市もそのモデルの一つだったのかも知れない。
昭和44（1969）年まで、本牧は市電によって横浜中心部と結ばれていた。周五郎も利用していたことだろう。

のと分かる。小間使いの娘が警察に連れていかれたことに、令嬢は悩み苦しんでいた。

五道が令嬢を諭した言葉が沁《し》みる。

幸福は他の犠牲に依って得られるものじゃない……

そのために誰かが不幸になり、犠牲になるような幸福は、それだけですぐ滅びてしまう、……

この物語には、素朴で純情に生きる市井の人々に寄り添い、共に歩もうとする五道の珠玉の言葉が散りばめられている。これこそ、周五郎が五道の口を借りて世の読者に伝えたい想いに違いない。

一例を挙げてみよう。

「罪を憎んで、人を憎まず」とは巷間よく言われるが、五道はこのように説く。

不正や悪は、それを為《な》すことがすでにその人間にとって劫罰《ごうばつ》である、善からざることをしながら法の裁きをまぬかれ、富み栄えているように見える者も、

仔細《しさい》にみていると必ずどこかで罰を受けるものだ、だから罪を犯した者に対しては、できるだけ同情と憐《あわ》れみをもって扱ってやらなければならない

一方で、権力悪や強者の驕《おご》りに対しては容赦ない。その舌鋒《ぜっぽう》は熱を帯びる。

社会的不正、国家的悪などという、国民全体の最も重大な出来事に当面しても、高級なる知識人であればあるほど、三猿主義になるものと相場は定《きま》っているんだ、……
自分の能力を試してもみずに、暗算でものごとの見透しをつける小利巧さ、こいつを叩き潰さなくてはいけない

このように生一本な正義漢では、「長い物には巻かれろ」と、権力にへつらう輩《やから》が幅を利かす官僚の世界では出世は望めまい。五道がエリート内務官僚のコースから外れ、警察署長のポストに追いやられたことも納得できる。

しかし、このことは住民にとっては願ってもない幸運だった。着任当初は、寝てばかりいる無能な署長というレッテルを貼っていたが、いざ五年後に、五道が他県へ転勤することが伝わると別れを惜しむ人たちで大騒ぎになった。貧民街の住民は蓆旗《むしろばた》を立てて留任陳情のデモを繰り広げ、辛辣《しんらつ》な悪口を書いた毎朝新聞までが、感傷的な惜別の辞を掲載したという。

民衆に愛され、慕われた寝ぼけ署長。

願わくは、全国津々浦々の警察署に、五道三省のような人間味あふれ、正義感が強い署長にぜひ赴任していただきたい。

そうすれば、世知辛《せちがら》いこの世の中も少しは潤いが出てくるというものだ。

『寝ぼけ署長』と横浜・本牧

このシリーズでは、作品の紹介を兼ねて、ゆかりの地を訪れてきた。『赤ひげ診療譚』なら小石川植物園、『樅ノ木は残った』では陸奥《みちのく》の船岡城址まで足を伸ばし、物語の世界に浸ってきた。

では、『寝ぼけ署長』の舞台はいったい

埋め立て前の横浜・本牧海岸は、春になると潮干狩りでにぎわった。周五郎が愛した人情あふれる本牧の気風は「寝ぼけ署長」の随所に投影されているようだ。
崖の上には周五郎が書斎にしていた間門園の離れの屋根も見える。
（写真提供・武 繁春）

どこの街なのだろうか。

　裁判所や検察庁があり、新聞各社が常駐しているところをみると、県庁所在地とみて間違いなかろう。しかし、周五郎はそれ以上は明らかにしていない。

　さて、困った。

　そのとき、助け舟を出してくれたのが、周五郎を「おじちゃん」と呼び、幼い頃から慕ってきた大久保文香さんである。

　周五郎は昭和二十一（一九四六）年に東京・馬込から横浜市・本牧に転居し、亡くなる昭和四十二（一九六七）年までの二十年余りをこの地で暮らした。いわば横浜は〝第二の故郷〟なのだ。

　引っ越してしばらくは大久保さん宅の離れを仕事場として借りていたそうだ。そこで執筆したのが『寝ぼけ署長』である。しかも、ご近所のエピソードが作品に使われている、というではないか。

　これは現地を訪れないわけにはいかない。さっそく、大久保さんの案内で向かった。

　湾岸沿いの工場地帯から首都高速を挟んだ住宅街の一角に目指す建物はあった。かつて周五郎が書斎として使っていた平屋がそのまま残っていた。築九十年以上といい、物干しには蜘蛛の巣が張り、縁側の板は痛んでいた。しばし佇《たたず》んでいると、当時にタイムスリップしたような錯覚を覚えた。

　この書斎から数々の名作が世に送り出されたのだ——。目を閉じて周五郎の面影を想像していると……、あれっ、その顔がいつの間にか、寝ぼけ署長の顔とだぶってきた。

　なるほど、確かに似ている——。

「寝ぼけ署長」こと五道三省は周五郎の〝分身〟とも言える。その風貌もどこか似ている。
横浜・間門園下の海岸で。
（写真提供・新潮社）

◆主な参考文献◆

各作品の新潮文庫収録の「山本周五郎を読む」のほか、次の文献を参考にしました。

『山本周五郎を読む』
『歴史読本』編集部編（新人物往来社）
文藝別冊『山本周五郎～背筋を伸ばす反骨の文士』（河出書房新社）
『文豪ナビ　山本周五郎』新潮文庫編（新潮社）
『素顔の山本周五郎』木村久邇典（新潮社）
『山本周五郎で生きる悦びを知る』福田和也（ＰＨＰ研究所）

なお、各作品の引用部分は新潮文庫から抜粋しました。
◎論文やパンフレット等の記載は省略させていただきます。

「日日平安」 1954年 上梓

切腹の真似をして一食をせしめる武士が、その相手方である藩の思わぬお家騒動に巻き込まれるが、奇策を次々に的中させ事件を解決する中心人物となってしまう喜劇である。

三枚目武士である主人公の出世物語を装いながら、人間の良心、更に踏み込んで、精神の根源を見つめる著者の熟成された感性が発揮された作品である。

クライマックスは最後に訪れる。自らの手で事を成し遂げた瞬間に、自身の人間としての小ささを直感し、手柄を放棄し旅に出ようとする主人公の潔さ。それでいて、その行為を即座に後悔してしまう滑稽な人物像は、私たちに、どうにかしてあげたいとの焦燥感を抱かせる。そうした思いを先刻ご承知の作者は、きちんと主人公に救いの手を用意し、読者はほっとさせられる。

しかし、それですんなり上手くいってしまうのか…。その時、最後にシンプルな一言、「どうも有難う」という万感の思いを込めた言葉で、主人公が素直な心持ちをさらけ出す。これが実に心地よく響き、作中の相手方と共に、私たちも救われるのである。短い小説の中で、読者の心をこれでもかと揺さぶる周五郎の手法に脱帽である。

日本映画の金字塔として輝く『椿三十郎』の原作には、相手への思いやりを大切にする日本人の心を鷲掴みにする魅力がある。

山本周五郎と横浜本牧の記憶

大久保文香

横浜へ移転した翌年の 1947年夏、本牧の海岸で次男・徹と。
戦後洋服姿の写真はこの 1 枚だけだという。

第一章　記念碑完成

二〇二〇（令和二）年秋のことです。コロナ禍で東京の事務所通いは休み、ただ本牧《ほんもく》のあちこちを歩いていた時、ふと気が付きました。本牧には〝文豪山本周五郎〟の足跡が全く残っていないのです。山手には大佛次郎記念館、MM《みなとみらい》地区には長谷川伸の記念碑があります。東京には樋口一葉をはじめとして池波正太郎文学館、芥川龍之介文学碑が本所の回向院傍になど、沢山のものがあるのです。山本周五郎記念碑とネットで検索すると、生まれ故郷の山梨県大月市には生誕の地の立派な石の記念碑が、「樅《もみ》ノ木は残った」の記念碑は舞台になった船岡城址公園の大きな樅ノ木の下にあるそうです。

何とかならないものか。地元の周五郎ファンの方々にお知恵を借りました。すると町内会長の丹羽博利さんから、コロナ禍で開催できなかったイベントの資金がある。年度末までに記念碑が完成するようなら援助できる、とのありがたいお声を頂きました。資金のめどが立てばすぐに、と思っていましたが甘かった！デザインや業者への発注など専門知識が必要になります。幸い本牧の皆さんは、その方面の経験者ばかりです。約一年半で記念碑が出来上が

本牧周五郎会の皆さん。“山本周五郎　本牧道しるべ”記念碑（横浜市中区本牧）の前で。
（2022年3月14日、撮影・森 直実）

りました。

二〇二二（令和四）年三月十四日、除幕式当日、昨日までの曇り空は嘘のような上天気です。多くの方が集まってくださいました。設置場所は色々と案がありましたが、最寄りのバス停留所が沢山の人の目に留まるという案が通って、市営バス下り線〝本牧〟停留所の脇の植え込みになりました。若木ですが桜の木も植わっています。

除幕式のテープカットは中区長、連合町内会長そして周五郎のお孫さんのお嫁さんである松野由紀子さん、私の四名で、晴れやかな天気のもと行われました。私は周五郎のきん夫人形見の留袖をワンピースにしたものを着用しました。ハレの日に着ることが出来て嬉しい。きんおばちゃん、ありがとう。

いずれは記念館も作り、作品のビデオを流したり、朗読会を開いたり、江戸の庶民の研究会なんかも開きたいと構想も膨らみます。周五郎おじちゃん、それまで見守っていてくださいね。

山本周五郎は戦後一九四六（昭和二十一）年に東京馬込から横浜市中区本牧に移り住み、以来二十一年、横浜が終焉の地となりました。また小学校時代の数年を横浜で過ごしておりました。周五郎にとって横浜は第二の故郷ともいうべき地です。しかしこのことは横浜の人においてもあまり知られていないようです。

私の父・秋朱之介は装丁家をしておりましたので、私たちは周五郎一家と交流がありました。時代小説家として知られる文豪山本周五郎一家と過ごした時代を振り返って戦後の本牧の思い出を綴ってみたいと思います。私の回想に少しお付き合いください。

第二章　装丁家の父、周五郎を本牧へ呼ぶ

私の父は三つの名前を持っていました。戸籍では西谷小助、通称・西谷操、ペンネーム・秋朱之介です。詩人として、装丁家としても当時の文壇では著名で、昨年も山口県湯田中の詩人・中原中也の中原中也記念館で、父が装丁した詩集その他の〝ブックデザイン展〟が開かれ、父の昭和ロマンを感じる本を見てきました。

いま手元に残っているのは、佐藤春夫の詩集『魔女』ただ一冊。白蛇の皮の背表紙、川上澄生が龍を表紙に書いています。限定四十七部発行のうちの

十三冊目を、二年前古書店からの勧めで購入することが出来ました。

局紙《きょくし》を使い、その卵色の紙の何とも温かい手触り。身近に置いて眺めるのが究極の幸せです。父の背中を感じます。別に幻の一冊があるそうです。龍の目にルビーをはめ込んであるとのこと。現存すれば千万の単位だそうですが、もう無いものと思います。

ところで頑固者の父については、縁側で詩人堀口大学先生から譲られた少しほどけかかっている籐椅子に座って聖書か古事記を読んでいる姿しか記憶に無いのです。

我が家は、私が四歳の時（一九四四（昭和十九）年）に疎開で東京の目白から本牧に移ってきました。父は大佛次郎達と小港辺りで遊んでいたので本牧には土地感が有ったらしいです。引っ越しのことは事前に母は何も知らされていなかったようです。私の“文香《ふみか》”というその頃では風変わりな名前は、結婚前に父のお付き合いのあった新橋のお姐さんの名だそうです。

戦前から出版関係で父と懇意にしていた山本周五郎は、一九四三（昭和十八）年『日本婦道記』が第十七回直木三十五賞に推薦されましたが辞退しました。現在まで直木賞を辞退したのは山本周五郎ただ一人です。曲軒（へそ曲がり）というあだ名がついたのはその頃からだそうです。戦争で荒れ果てた東京馬込から四人の子供さんと再婚間もない奥さんを、本牧の我が家の隣にあった空き家に誘って住んでもらったのは一九四六（昭和二十一）年春のことでした。

堀口大学から譲られた籐椅子で読書する秋朱之介。

第三章　周五郎おじちゃんと私たち一家の思い出

西谷家の門の前で。後列右が筆者。左は筆者の母、
前列左３人は弟妹。

うちの小さな離れ家が周五郎（私はおじちゃんと呼んでいました）の書斎になりました。この離れは今でも少し傾いていますが奇跡的に建っています。一九三〇（昭和五）年ごろ建てられたものと聞いています。

戦後の物の無かった苦しい時代を隣同士の両家は助け合って暮らしていました。周五郎家は男二人、女の子二人、偶然にも我が家と同じ四人の子供がいました。皆私たち兄弟姉妹より年上で、末っ子の徹ちゃんだけ私の二つ年下でした。幸い、本牧の海岸がすぐ近くで、食べ物はアサリやノリ、魚だけには不自由しませんでした。ご飯、みそ汁、つくだ煮、干物、すべてアサリ。家の中がその香りに包まれました。おじちゃんは、何でも牧野富太郎博士に教わったとかで植物に詳しく、父と八聖殿付近の山に入り食べられる草を採ってきては茹でたり、てんぷらにしたり。

おじちゃんに雑草というと「草には何でも名前がある！」と叱られました。ハコベ、タンポポ、アカザ、タラの芽など色々工夫しましたし、フキなどは上等なもので苦いツワブキさえも佃煮に。タンポポのほろ苦さは今でも舌に残っている味です。おじちゃんは枯れかけた草にたばこの火をつけて、「匂い嗅いでみなさい。何の匂いがする？」「トウモロコシ！」「じゃ、食べたつもりになりなさい」？？

口癖の一つで今でも忘れられないのが「外から帰ったら手を洗ってうがいをしなさい」でした。昨今の衛生事情に繋がりますね。体には気を遣っていたようです。

おじちゃんが離れで仕事をするとき、子供たちは意識して庭では静かに遊んでいました。同じような年頃で騒ぎたい盛りです。でも「うるさーい」と離れから大声が飛ぶと首をすくめて、「はーい。じゃ海行ってくるわ」「アサリ取ってきなさい。ヒトデも肥料になるから拾ってくること。ナマコも忘れるな！酢の物にするんだから」大声で言いつけられて私たちは一年中海に行っていました。

もちろん、海のものと野草ばかりでは食生活はなり立ちません。両家の父たちは家に持っていた浮世絵・版画などを、本牧に駐在していたアメリカの兵隊を呼び止めては食料と交換していました。貴重な物もあったと思います。親しかった棟方志功の版画などもあった、と母から聞いたことがありました。背に腹は代えられません。覚えているのは〝レイション〟という米兵が携帯する弁当のようなもので、コンビーフ、チョコレートやビスケットなどが入っていました。缶詰に直接きれいな絵が印刷されていたのには驚きました。当時は缶に撒いた紙に蟹の絵などが描いてあるのしか見たことが無かったのです。戦争に負けたのも仕方ないや、と変なところで納得しました。一度中に入っていた歯磨きのチューブをなんだろうと舐めたら美味しくて、徹ちゃんと二人で押入れに隠れて味わっていた覚えがあります。

母たちは切羽詰まると質屋通いも。私も一緒に行ったことがあるので質屋の入り口の雰囲気は何となくわかります。着物の端切れを見てはため息をついていた母。きっと受けだせないで流れてしまったのでしょう。

おじちゃんが随筆で「空っぽの箪笥」を書いています。偶然に奥さんの箪笥を開けたら嫁入りした時たくさん入っていたはずの着物が一枚しかない。その驚きを「体を唐竹《からたけ》割りにされたような気がした」と切々と綴っています。その並木質店の白い蔵は海岸から二筋入った所に今もあります。さすがに営業はしていませんが何となく甘酸っぱい懐かしい処です。

昭和30年代後半に海が埋め立てられるまでは、本牧では遠浅の海岸が広がり、潮干狩りができた。（写真提供・武 繁春）

第四章「柳橋物語」秘話

夏の盛り、離れの雨戸が閉まっています。「おじちゃん暑いのに何やってるのかな」と子供心にも不思議になります。やっと雨戸が開いて、あああ・・・と背伸びをしたおじちゃんが濡れ縁に出てきました。くたびれた着物に黒い前掛けをしています。「何やってたの」「火事んとこを書いていたんだ」

おじちゃんは小説家だなんて五、六歳の子供は知りませんでしたが、その言葉がどこか頭の隅に残っていたのでしょうか。大人になって周五郎の作品年表をたどると、あの「柳橋物語」に行き着きます。薄幸な少女（おせん）が川に浸って他人様の子供を抱きしめながら大火事をしのぐ、あの名場面です。関東大震災や戦争を経験した人でしたからその場面のリアルなこと。身震いがするほどです。

私は「柳橋物語」の火事の場面が生まれた瞬間の、ただ一人の目撃者なのですね。

下町育ちのおせんと好太と庄吉。庄吉は上方に修業のため旅立つが、おせんに「帰るまで待っていてくれ」と言いおいた。その一言が、おせんの生き方を変える。恋に恋する娘心。

大工の棟梁の跡継ぎになった好太から何度も嫁に来てほしいとの話が有るが、一途に庄吉の面影を追うおせん。江戸に大火事が。川に飛び込んで他人の赤子を抱いて火の下にうずくまるおせんを好太が助けに来る。火を浴びながら懸命に水をおせんに浴びせて、そして好太は業火に巻き込まれて帰らぬ人になる。おせんは腕の中に残された赤子を〝好太郎〟と名付け、下町の人たちの温かい手助けで何とか生きて行く。そこに上方から庄吉が。赤子を好太の子供だと誤解。やがて他の人と結婚してしまう。

“周五郎おじちゃん”が仕事場にしていた西谷家の離れ。当時のまま残っている。

「待ってたのに」おせんは自分を本当に好きだったのは好太だったとやっと気がつく。若い女の切ない生き方。

柳橋に行ってみたことがありました。神田川が隅田川にそそぐところが柳橋です。江戸時代から船宿、料亭が多い場所で柳橋と言えば芸者さんの代名詞のような時代もあったとか。関東大震災で焼け落ちた後復興した美しいアーチ型の橋の欄干には、なんと〝かんざし〟が埋め込まれていました。川岸には柳が植わっていてお江戸を思わせる場所でした。ここを訪れたことで物語の情景がくっきりと目の前に浮かび、私も江戸に住む人のような気がしたものです。物語を読む醍醐味を味わえました。

第五章　一風変わったおじちゃん

数々の感動的な物語を紡ぐ人でしたが、一風変わったところもありましてね。

離れの真向かいの自宅の台所口に七輪を出して網の上にはカタツムリを五、六個置いて焼いてます。「フランスではカタツムリを食べるんだ。エスカルゴって言って高級品なんだよ。おいしいから食べてみなさい。」にょろにょろと首を出しているデンデン虫。それだけは嫌でした。黙ってブルブルっと頭を振って海に逃げていきました。おじちゃんの得意そうな顔は忘れられません。

こんなことも思い出しました。季節は冬だったでしょうか、なぜか私だけが海辺にいた時、フグが波打ち際に転がってました。足で蹴飛ばすと、怒ったのかしら、プーとお腹が膨らんだのです。思わず運動靴で踏んづけたら、パンとお腹が裂けて内臓が飛び出てしまいました。それをぶら下げて家に戻ったら、おじちゃんは「おお、クサフグだ。雑煮のダシにするとうまいぞ。さばいてあげるから待ってな」。ぶつ切りにしたフグ、食べたことのない味でした。フグと言えばこの時の味が一番の記憶として残っています。

ある年、潮の変化でしょうか、今では高級な青柳貝が多量に湧いて、海にびっしりと敷き詰めたように。本牧では〝バカ貝〟と言ってました。漁業組合からの放送が「バカの配給があります。組合にバケツを持って取りに来てください」。こんなことも「青

本牧元町海岸（1955年頃）
現在の本牧原南側と本牧元町北側地域。
（写真提供・横浜市八聖殿郷土資料館）

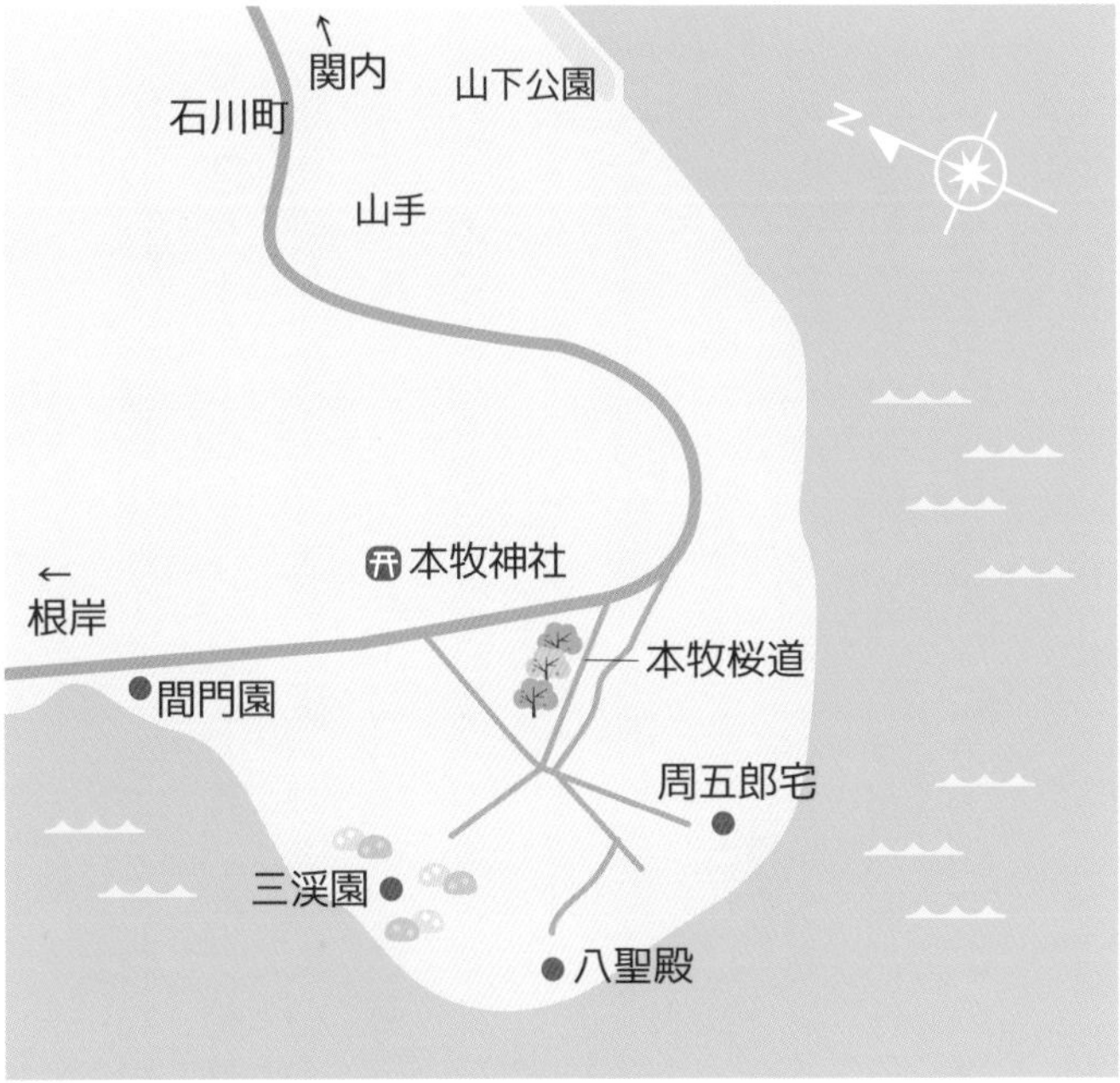

周五郎が過ごした頃、本牧は海食崖と砂浜の広がる
豊かな海岸の町だった。

べか物語」の背景になっているのかも。豊かな本牧の生活でした。

おじちゃんは私を可愛がってくれてたのかしら。編集者たちとの宴会に混ざってお膝の上、おじちゃんはお箸でお皿や茶わんを叩きながら「ロウ、ロウ、ロヤボウト、ゼンツリダウンダストリート・・・」。英国の民謡だと後で教えてもらいました。今でも全部歌えますよ。

ある時、古い漁船を買ったおじちゃんと父は、沖に漕ぎ出したのは良いのですが、どっちか忘れたけれど、ひどい船酔いになり、二人とも二度と船には乗りませんでした。しばらく岸に上げてあったぼろ船、いつの間にか無くなっていて、私たちが探したら、だいぶ離れた海辺にあげてありました。誰かが使っていたようです。おおらかな時代です。この話も「青べか物語」を執筆する元になったのかもしれませんね。

寒い冬になると周りの漁師の家からは「トントントン」海苔を刻む音が聞こえます。早朝、本牧の海にびっしりと植えてあるシビに付く海苔を取ってきて、すだれに乗せた枠に流し込む作業をしているのです。好奇心が旺盛だったおじちゃんは道具一式そろえたけれども、すだれに流しこむのが下手で厚ぼったいものしかできない。これもすぐ辞めてしまいました。

父がどこからかアヒルをもらってきました。番犬のようにガアガア鳴いて人のそばによってきて、あの大きな口で足をつつくのです。おじちゃんや東京から一日掛かりで原稿を取りに来る編集者にも迷惑を掛けました。それが、書斎だけ間門《まかど》園に移してしまうきっかけになったのでしょうか。その頃には小説家・山本周五郎としての評判も高くなっていました。

きん夫人と子供たちの家とはお隣り同士変わらないままに、我が家の離れは、元お琴の師匠だったというオンリーさん（娼婦）が借りて、スミスさんというサージャント（軍曹）が通い、家にはアメリカの食料を沢山頂けるようになりました。

おじちゃん、ごめんね。

第六章　おじちゃんと椿

結局、我が家の離れでお仕事をしていたのは実質二年半くらいですかしら。

おじちゃんは時代物中心の作家と思われがちですが、現代ものも書いています。作品にはそれとなく近所の漁師さんの話や裏の変わり者一家のエピソードが入っていました。みんなの何気ない噂話が小説になるのです。「寝ぼけ署長」の主人公は、少しおじちゃんに似ているような気がします。

父の出版社・操書房が出版した周五郎一人雑誌『椿』は一九四六（昭和二十一）年に発行されました。世情もまだ混とんとしてエログロナンセンスがもてはやされている時代です。活字が印刷されたものであれば何でも売れたはずなのですが、家の廊下には返本の山。時代のニーズに合わなかったのでしょうか。あの「柳橋物語」が最初に掲載された『椿』、表紙は芹沢銈介。深い藍色と朱色の〝椿〟という字、鮮烈な印象でした。父の亡くなった後、物置の隅まで探しましたが全くありません。十年くらい前、ある方にコピーで見せていただきました。目が覚める思いでした。

そういえば書斎の傍には椿の老木が植わっていて早春には見事な花を咲かせていました。蛇の抜け殻を見つけてそっと箪笥にしまった思い出も。蛇の皮を入れておくと着物が増えると母に教わったのです。個人雑誌『椿』、黒沢映画「椿三十郎」（原作・日日平安）、小説「五瓣の椿」「山椿」「椿説女嫌い」

なんてものもあるのです。おじちゃんは椿が好きだったのかしら。花言葉は「控えめなすばらしさ」「謙虚な美徳」ですって。「日本婦道記」をイメージします。

第七章　おじちゃん流行作家になる

昭和二十年代、両家仲良く貧乏暮らしを共有していましたが、時代小説家として売れ出し，間門園に書斎を移して著名な出版社の編集者が大勢集まるようになると、両家は徐々に離れてゆきます。父はあくまでも美しい本の出版にこだわり、おじちゃんは愛読者が買いやすい廉価な本を出すことにこだわっていました。この辺の考えの相違もあったと思われます。

毎日岡持ちを持って、襟を抜き加減にした着物姿に割烹着をつけ駒下駄を履いて、きん夫人が間門園にお弁当を運ぶ姿は地元で名物になりました。きんさんは細身のすっきりした着こなしの笑顔のきれいな人で銀歯がちらっと見えるのが可愛らしい。粋筋の出じゃないかという方もいましたが、結婚する前は銀行に勤めていらしたそうです。妹さんの村田八重子さんも三之谷に移り住んできました。妹さんは、きんさんより少し背が高く、はきはきしたものの言い方でした。お二人の仲の良い事。いつも買い物は

書斎の周五郎。（写真提供・新潮社）

ご一緒です。近くの三渓園商店街でも古株の魚屋・魚菊はお二人のことをよく覚えていて、私が買い物

右から周五郎、きん夫人、
村田八重子さん（きん夫人の妹）
（写真提供・新潮社）

に行くと今も思い出話が出ます。

本牧の自宅の門は丸太が両側に立っているだけで、表札も〝清水三十六《さとむ》〟。山本周五郎の自宅とは分からなかったはずですが、亡くなってしばらくしてこの表札は盗まれてしまいました。きっと熱心なファンの方の手元に移動したのでしょう。清水三十六はおじちゃんの本名です。明治三十六年生まれだから、らしいです。偶然にも父も三十六年に生まれています。

庭からすぐ座敷に上がれるようになっていました。自然石が置いてあって、いつもおばちゃんの駒下駄と男物の下駄、子供たちのくたびれたズックが並んでいました。私の思い出はそのあたりで途切れています。私が学校や就職で忙しくなり、清水家から記憶は遠ざかっていました。

隣同士貧しい生活を共にし、片方は流行作家となり、父は横浜市政新聞を発行するなどしてギリギリの生活をしていました。清水家からはうちの弟妹の入学や卒業などの節目には多額のお祝いをくださっていました。義理人情の生きている両家の間柄でした。

山本周五郎としての間門園の仕事場は多忙でした。すでにおひとり秘書の方はいらっしゃいましたがそれでも手が足りないとのことでした。

第八章　おじちゃんとのお別れ

私、結婚して間門園の真向かいの丘に住まうことになっておりました。一九六七（昭和四十二）年四月に間門の料亭・根岸園で式を上げて、落ち着いたら、おじちゃんのお手伝いに行くことに決まっていました。

　ところが、その直前の二月、おじちゃんは帰らぬ人になってしまったのです。一九六四（昭和三十九）年、間門園の急な石段（ちんば坂）から酔っ払って転げ落ちて、内臓もかなり壊していて、編集者たちと飲むお酒も体を蝕む原因になっていたと思います。近所の鈴木酒店からは、毎週サントリーウイスキーを一ダース、ビールも一ダース配達していたよ、と言うお話も伺っています。散歩には時間を掛けていたという事ですが、帰りは関内や日本橋（現在の南区辺りの花街。今はありませんが）で沈没する生活です。体に良いわけがありません。

　一九六七（昭和四十二）年二月十四日没。わずか六十三歳でした。早すぎるお別れでした。お葬式では受付や台所を手伝わせて頂きました。大スター・中村錦之助さんの体の温かみの残るコートをお預かりしたのが記憶に残っております。黒のカシミアコートの裏が深紅でした。

周五郎が仕事場とした間門園の離れは小高い丘の上にあり、周囲にはちんば坂など急な石段がいくつもあった。

第九章　時代の先を見ていたおじちゃん

最後まで書斎にしていた間門園の前には東京湾が広がり、正面には房総半島の鋸山がはっきり見えました。登っていく車の窓がキラキラと光るのさえ見えたのです。右手には三浦半島が見えて箱根の二子山の奥には富士山も。

一九六〇（昭和三十五）年ごろから此処の海の埋め立て工事が始まりました。一九六四（昭和三十九）年に書かれた「青べか物語」に海岸を埋め立て工場地帯にすることへの批判が書かれています。

「いま私の住んでいる市では、到《いた》るところで木を伐《き》り、丘を崩し、「風致地区」に指定してある海岸を、工場用地として埋め立てている。どこへ行っても丘は無残に切り崩され、皮を剥がれた人間の肌のように……」

おじちゃんがどんな思いでこの埋め立て工事を毎日見ていたか。作品が「虚空遍歴」「樅ノ木は残った」「おごそかな渇き」のような内向的なものになっていったのは、この自然破壊を見ていたからのような気がしてなりません。今改めて探すと、一九六〇（昭和三十五）年くらいのエッセイの中に、日本の自然

打瀬船　本牧沖（撮影・菊池俊吉 1955 年）
昭和 30 年代後半までは、打瀬船と呼ばれる帆掛け舟でエビやシャコがとられていた。
（写真提供・横浜市八聖殿郷土資料館）

八王子海岸（撮影・天野洋一 1958 年）
現在の本牧元町東公園周辺
（写真提供・横浜市八聖殿郷土資料館）

破壊や原子力政策に対しての鋭い意見が出ているのです。前を見通す感覚が備わっていたことに驚きを感じます。あの時代の他の小説家にはないものです。

最近「季節のない街」を読み返しています。今まで何度も読んだはずなのに、改めて読み返すと恐ろしくなるほど内容が奥深いのです。小説は最後にストーリーの結末が示されているものが多いのですが、ここには情景が説明なしにただ置かれてあり、読み手に「さあ、あんたはどう思うんだ」と問われているようです。その余白が純文学と大衆小説の垣根を取っ払う独特の表現になっていると思います。「季節のない街」はそんな小説です。特に心に刺さるのは「街に行く電車」「プールのある家」。まあ、あなたもお読みになってください。今は私の〝聖書〟になっています。

八聖殿のある八王子の丘からは、もう海は遠くなってしまった。
手前の工業地帯は、すべて埋立地。

私、えらそうに、池波正太郎は〝木綿豆腐〟、藤澤周平は〝絹ごし〟、周五郎は〝焼き豆腐〟、などと言ってましたが、訂正。周五郎は〝チーズの味噌漬け〟です。チャップリンの映画に一脈通じるものがあるとは私見です。

今はパソコンで文章が書かれます。あの時代はペン一筋。私、ペンからワープロ、パソコンへの変換期に編集の現場にいたのですが、その折感じたことは文章の質と言いますか、滑らかさと表現しますか、艶と言いますか、明らかに体質が変わってきました。頭に張り付いてそれから心に届くおじちゃんの文体は、ペンでなければ書けないものなんでしょう。

遠くない将来、山本周五郎の時代を超えた生き方が再評価されると信じています。

街に息づく周五郎の記憶

一、周五郎記念事業団の不思議探検課

大久保文香

寝ぼけ署長は本牧に居た

「寝ぼけ署長」は、一九四六（昭和二十一）年から一九四八（昭和二十三）年一月に渡って雑誌『新青年』に連載された現代推理小説です。始めは〝覆面作家〟名義で発表されて話題になったものですが、まさにうちの離れで執筆された作品なんです。本牧に引っ越してきたばかりの周五郎おじちゃん、どうやってこの作品を書くことが出来たのか、読み返すたびに考えていました。

ヒントが見つかりました。最初の「中央銀行三十万円紛失事件」これはきん夫人とその妹の八重子さんが銀行にお勤めしていたから行内の動きを聞いて書き上げたのだろうと想像します。他にも、ご近所の噂話をそれとなく耳にして、かなりリアルに書いてます。

いつも居眠りばかりしている警察署長・五道三省。気分の萎えた時に何度も読み返したくなります。本当は〝寝ぼけ〟どころではなく、その在任中は事件が十分の一に減ったという敏腕署長で、裏に回れば毛骨屋《けぼねや》親分（ひっくり返して読むとネボケ）。弱きを助け、強きをくじく。

今年、五道三省のイメージどおりの人物がポッと目の前に現れたんですよ。

ある朝、予約したパンを買いに三渓園の近くに行くと、〝ハマのドン〟が笑顔でこちらを見ています。同じご町内で、もちろんお顔は知ってますが話したこ

となんてありませんよ。ところが、この時は、なんか糸で引っぱられたみたいに「あのー、私、本牧周五郎会の者です」と話しかけてしまったんです。

「お〜、僕も周五郎さんの大ファンなんだ。記念碑が建ったことも知ってるし、全集も持ってるよ。今、『さぶ』を読み返しているとこなんだ。周五郎さんとは道ですれ違ったこともあるけど、恐れ多くて挨拶出来なかったんだよ」

〝ハマのドン〟こと藤木幸夫さんは、「他人のよろこぶ仕事に打ち込むことが、男と生まれた甲斐というものではないか」をモットーに横浜の港湾事業を支えてきた方で、毛骨屋親分を地で行く人物です。背筋が伸びて、現役バリバリの風格を漂わせています。

おじちゃんの引き合わせがあったのでしょうか。不思議な出来事でした。

周五郎作品、落語になる

本牧周五郎会のお仲間である大久保箇子さんが、面白い話を聞き込んできました。

野毛にある〝横浜にぎわい座〟で地元出身の落語家・桂歌助師匠が周五郎作品「菅笠」を公演するというのです。

「え、周五郎作品が落語に？」これは聴きにいかなければ。

周五郎のご親族である松野由紀子さんを交えて三人、楽屋見舞い持参で伺いました。歌助師匠とは仕事上のお付き合いもあり、まんざら知らない仲でもないんです。初演という事もあってか、師匠かなり上がっていたようにお見受けしましたが見事に人情噺になっていました。

その後、各地で公演されてます。

師匠も周五郎の大ファンで作品の内容に深く引き付けられ、「これは現代にも通じる話だ。多くの人達に聞いてもらいたいと頭をひねって作った」とのことです。周五郎作品は言葉が粒立っているので語りにするのは本当に難しいことだと思います。

横浜市八聖殿郷土資料館で「菅笠」を熱演する歌助師匠。（撮影・鶴山大輔）

〝西洋菓子 周五郎〟と〝周五郎のヴァン〟

これも不思議なことなんです。

友人で写真家の森直実さんが高円寺大道芸を撮影した写真の隅に〝西洋菓子 周五郎〟が写っていました。ふつう洋菓子店は〝ラ・ネイジュ〟とか〝トレビアン〟とか横文字を思い浮かべますよ。「え、周五郎？」これは行かなくてはならないと、

“西洋菓子 周五郎”

またまた三人組が出動。新高円寺駅から数分の洒落たルック商店街に本当にその店はありました。

ちょっと凝った餡が入った〝ゆめねこ〟という名前の可愛らしい五色の洋風最中、それしか売られていません。思わず「売れますか」と聞いてしまいました。ご主人曰く「周五郎さんと一緒に貧乏してます」「店が暇だから心ゆくまで本を読んでいられます」と幸せそう。この方も周五郎作品にほれ抜いています。

頑張って〝ゆめねこ〟を沢山買い込んで帰りました。

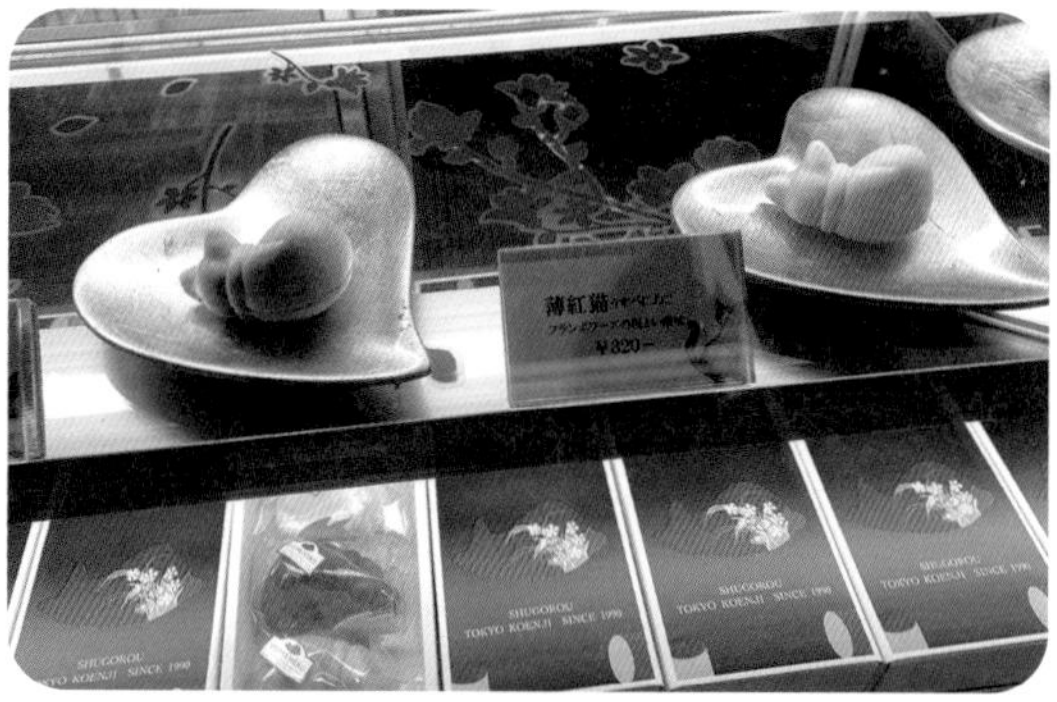

色とりどりの“ゆめねこ”。
それぞれに異なった特製餡が入っている。

そのボトルは〝西洋菓子 周五郎〟に飾られていました。周五郎が愛した甲州産のワイン〝周五郎のヴァン〟、ラベルは周五郎が書いたものだそうです。

周五郎先生、一時はワインに凝ったことがあるとエッセイにもありましたっけ。早速、本牧周五郎会で纏めて数本発注しましたが、もったいなくて開けられません。

“周五郎のヴァン”
（中央葡萄酒株式会社）

酒精強化ワインの逸品。ラベルの題字は周五郎の直筆。周五郎は「笑われそうな話」（『暗がりの弁当』河出書房新社）というエッセーでこのワインを絶賛している。

お正月には〝ゆめねこ〟をかじりながら〝周五郎のヴァン〟を飲む！

デンデンムシ食べながらお酒飲むより絶対こっちの方が美味しいですよ。今頃、食道楽勝負に勝ったって仕方ないか。

本牧エリア限定ガチャの一つ
「山本周五郎キーホルダー」。

本牧の人々が周五郎を敬愛していることが感じられる。
周五郎の似顔絵は、曾孫である松野貴大さんが描いた。

二、舞台『山本周五郎の妻』

横浜夢座

『山本周五郎の妻』は、横浜夢《ゆめ》座《ざ》によって二〇〇八（平成二十）年、偶然ながら周五郎の命日である二月十四日から二月十八日までランドマークホール（横浜市西区みなとみらい）で公演された。

横浜本牧で、数々の秀作を生み出した周五郎。その執筆活動を支え続けたきん夫人を五大路子さんが演じ、周五郎との日々がコミカルにそして情感たっぷりに描かれた。

周五郎作品について、五大さんは「横浜の仕事場から生み出された数々の名作は、時代を超え、人が人を思いやる優しさ、生きることの意義を伝えてくれます。」と語っている。

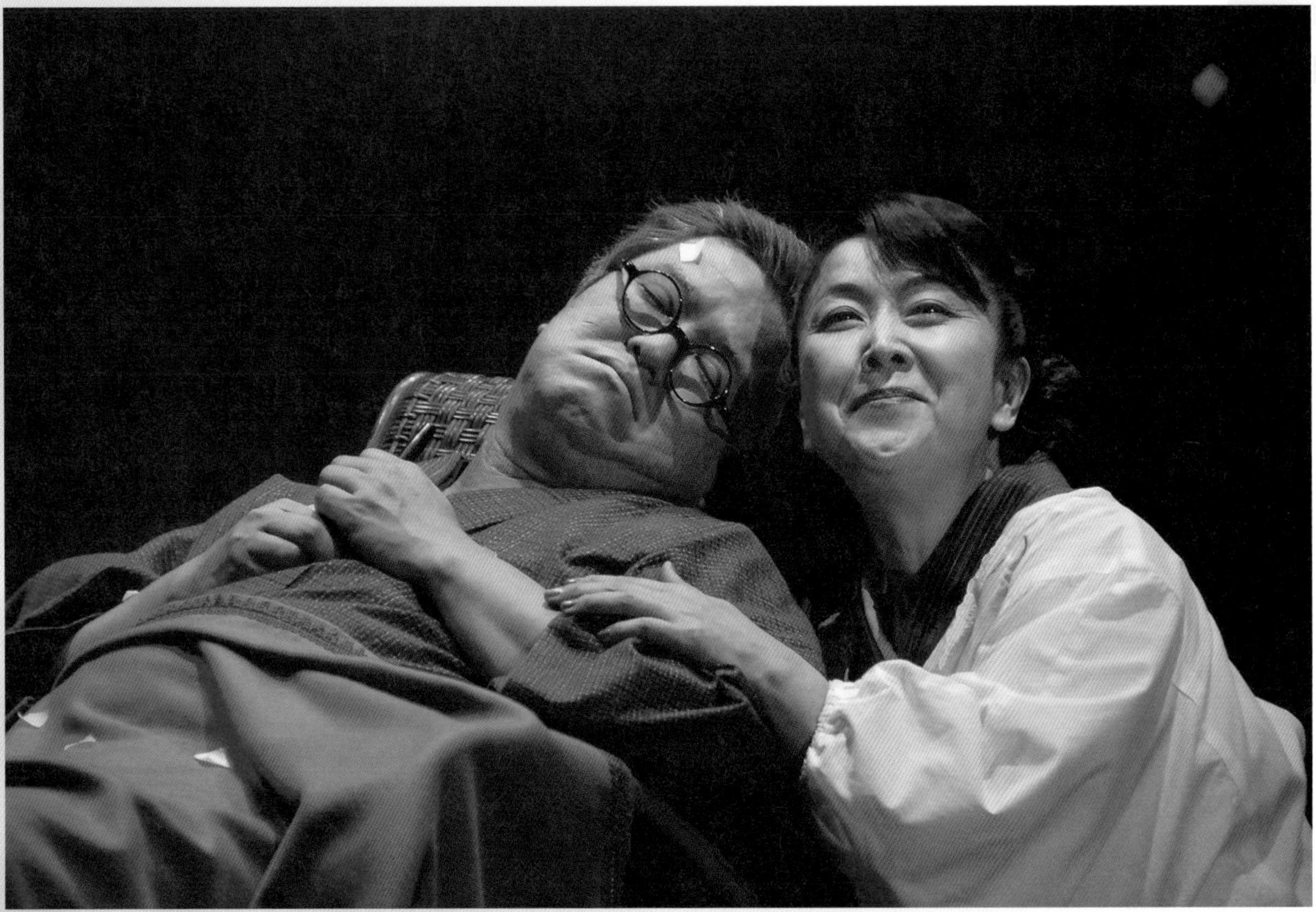

横浜夢座

俳優の五大路子さんを座長に1997（平成９）年に旗上げされた市民劇団。横浜で活躍した魅力ある女性にスポットを当てて、公演を続けている。

同じ視点で、伝説の娼婦メリーさんを描いた『横浜ローザ』は、1993（平成５）年より五大さんが一人芝居として演じ続け、ニューヨークなど海外でも賞賛されている。

「雨あがる」 1951年 上梓

天下無双の武芸者でありながら、あまりにも心根が優しく、それゆえうだつが上がらず浪人を続ける夫。ある出来ことをきっかけに、その夫の生き方に人間としての真理を見い出す妻との旅の一コマ。

強さとやさしさが同居すれば怖いものなし、と思う私たちの一般的な主人公に対する先入観を心地よく打ち壊し、人が好過ぎることで却って相手に疎まれるという人生の機微を自然に、そして巧妙に見せつける。ところが、それまで夫のそうした行動を否定的に見ていた妻が、その極めつけともいうべき要領の悪さで他人への思いやりを最優先させた夫の非合理を、あろうことか大上段から肯定し賛美する場面は、読者の予想を見事にひっくり返しつつ感動の渦へと巻き込んでいく……まさに周五郎にしか出来ない芸当である。

全編に通底する庶民同士の気遣いの中に息づいているささやかな幸せを浮かび上がらせていく手際も素晴らしい。

読者は主人公夫妻が交わす最後のやり取りをみて、この夫婦の心が一つになった今、すぐにでも夫は超人的能力を発揮して士官するだろうと確信し、安寧を覚えるのである。

神戸市須磨で過ごした頃の周五郎。
この後、1926年に投稿した「須磨寺附近」が文壇出世作となった。須磨での日々が周五郎の文学的基礎を固めたのだろうか。

泥棒と若殿

山本周五郎

一

その物音は初め広縁のあたりから聞えた。縁側の板がぎしっとかなり高く鳴ったのである、成信《しげのぶ》は本能的に枕許の刀へ手をのばした、しかし指が鞘《さや》に触れると、いまさらなんだという気持になって手をひっこめた。

――もうたくさんだ、どうにでも好きなようにするがいい、飽き飽きした。こう思いながら、仰向きに寝たまま腹の上で手を組み合せた。右がわの壁に切ってある高窓の戸の隙間から、月の光が青白い細布を曳いたように三条《みすじ》ながれこんでいる。ついさっきまで夜具の裾のほうにあったのが、今はずっと短くなって、破《や》れ畳の中ほどまでを染めているにすぎない、するともう三時ころなのだなと思った。

物音は広縁からとのいの間へはいった。ひどく用心ぶかい足つきである。床板の落ちているところが多いから、そこでもときおりぎしっぎしっと軋むが、そのたびに物音はぴたりと止って、暫《しばら》くは息をひそめているようすだった。そのうちにあまり用心しすぎたせいだろう、畳の破れめにでも躓《つまず》いたらしく、どさどさとよろけざま、なにかを踏みぬく激しい音が聞えた。

――切炉へ踏みこんだな。

成信はこう思ってついにやにやした。うろたえた相手の顔が見えるようである。へまな人間をよこしたものだと、苦笑いをもらしたとき、そっちでぶつぶつ呟やくのが聞えた。

「おう痛え、擦り剥いちまった、ちきしょう、なんてえ家だ、どこもかしこもぎしぎし鳴りやがって、こんな落とし穴みてえなものまで有りやがって、――へっ、おまけにすっからかんで、どこになにがあるかわかりゃしねえ、ちきしょう、まるで化物屋敷だ」

擦り剥いたところを縛るのだろう。手拭《てぬぐい》かなにか裂く音がした。こんどは人がいないものと信じたか、独りでしきりにぐちや不平をこぼしながら、暫くそこらをごそごそやっていた。それからやがて襖をあけ、この寝所へとはいって来た。

ずんぐりと小柄の男だった。短い半纏《はんてん》のようなものを着て、股引をはき、素足で、頬かぶりをしていた。もちろん武士ではないし、刺客などというものとも類の違う人間だ。

――とするとこれは、ことによると盗人というやつかもしれぬ。

そう思うと可笑くなって、成信はついくすくす笑いだした。相手はぎょっとしたらしい。こっちへふり返り、眼をすぼめて、そこに敷いてある夜具を眺め、その中に人間の寝ているのを見た。それからとつぜん「ひょう」というような奇声をあげてとびのいた。

「だ、誰だ、——なんだ」

男はこう叫びながら、及び腰になってこちらを覗いた。成信は黙っていた、仰向けに寝たまま身動きもしない、——男は迷って、逃げようかどうしようかと考え、そのあげくやっと決心したのだろう、やおら片手の出刃庖丁を持ちなおし、それを前方へつき出してどなった。

「やい起きろ、金を出せ、起きて来い野郎」

「————」

「金を出せってんだ、おとなしく有り金を出しゃあよし四の五のぬかすと唯ぁおかねえ、どてっ腹へこいつをおんめえ申すぞ」

成信はやっぱり黙っていた。男はじっとようすをうかがい、ひと足そろっと前へ出た。

「ふてえ野郎だ、狸ねえりなんぞしやあがって、それとも何か計略でも考げえてやがるのか、へっ、こっちあな、表に三十人から待ってるんだぞ、ぴいとひとつ呼笛《よぶこ》を吹きゃあよ、へっ、命知らずの野郎どもがだんびら物をひからしてとびこんで来るんだ、じたばたすると命ぁねえぞ」

「——面白いな、ひとつそれを吹いてみろ」

「なにょう、な、なんだと野郎」

「——その呼笛を吹いてみろと云うんだ」含み笑い

をしながら成信がそう云うと、男はうっと詰り、それから出刃庖丁をゆらゆらさせ、精いっぱい凄《すご》んで喚きたてた。

「ふざけるな、しゃらくせえや、なにょうぬかす。笑あせるな野郎、ちきしょうめ、——やい、なんでもいいから金を出せ」

「——気の毒だが金はない」

「てめえおれを素人だと思ってるのか、これだけの大屋敷で金がねえ、へっ、金はないってやがる、ばかにするなってんだ、やい起きろ、こっちあちゃんとめどをつけて来たんだ、四の五のぬかすと家捜しをするぞ」

「それはいい思いつきだ、遠慮はいらないからすぐやってみろ」

成信はさらに、こうつけ加えた。

「捜してみてもしも有ったらおれにも少し分けてくれ」

「ふざけたことを云いやがる、しゃらくせえや、ばかにしやがるな、野郎、みていろ、そこを動くと命ぁねえぞ」

こう脅迫して、こちらがじっとしているのを認め、そろそろ家捜しにとりかかった。しかしそれはそう安楽にはゆかなかった。襖はすぐ倒れるし、戸棚の戸はあけるなりおっこちた。がらがらとなにかが倒れ、「痛え」という声がしたと思うと、またどこかを踏みぬいたとみえ、板のへし折れるはげしい音が聞えた。

「ええいめえましい、こんちきしょう、なんてえ家だ、なんてひでえ家だ」

こう云ったとたん、男はばりばりどすんとどこかへ落ちこんだ。

二

助けてくれと云ったようでもある。だがそうではないかもしれない、「やい」とか「しゃらくせえまねをするな」というような罵《のの》り声は、慥《たし》かに床下のほうから聞えて来た。——それから暫くごそごそやっていたが、間もなく這いあがったのだろう、そこでまたぶつぶつ不平をこぼした。

「とんでもねえ家へへえっちゃった、がたがたですっからかんで、満足な建具ひとつ有りゃあしねえ、うっ、——ぺっぺっ、ちきしょう、なにか口ん中へとびこみあがった」

だがまだ諦らめきれないとみえ、納戸のほうへいってなにか掻きまわしていた。そのうちに天床から大きな石でも落ちたように、がらがらずしんめりめりと凄まじい物音がした。男は悲鳴をあげ、とびのくとたんに柱へ頭でもぶっつけたものか、ごつんという音がして、こんどはもっと大きな悲鳴が聞えた。

「おい、たくさんだ、もうよせ」成信はふきだしながらこう呼んだ、「——本当になにも有りゃしない、捜してもむだだからやめるがいい」

ああ吃驚した、とんだめにあった、ひでえ家だ、なっちゃねえや。こんなことを云いながら男はこっちへ戻って来た。

「やい、本当になんにもねえのか」

「おまえの云うとおりすっからかんだ、おれも始めにそう云ったではないか」

「笑いごっちゃねえや、おお痛え」

男は方々を撫でまわしながら、夜具のそばへ来て坐った。右足の股引を捲りあげて、そこを布切で縛ってある。さっき擦り剥いたところなんだろう。——男はあたりを眺めやり、溜息をついた。するとそのとき彼の腹の中でくうくうぐるぐると妙な音がした。

「腹がへってるんだが、なにか食う物はねえか」

「ないようだな」

「晩飯の残りでいいんだ、なにか食わしてくれ」

「——それがないんだ」

舌打ちをして男は立上った。それから厨《くりや》のほうへいったが、なにかがたがたやりながら、ひどく腹を立てたように、「だだっ広くってなにがどこに有るかわからねえ」とか、「ここに竈《かまど》があるとすれば」とか、「ちぇっ、こいつも空っぽだ」とか、いろいろ独り言を云ったのち、がっかりしてまた夜具のそばへ戻って来た。

「米櫃《こめびつ》も空っぽみてえだが、米もねえのか」

「——おれは嘘は云わない」

「じゃあおめえどうしてるんだ」

「——ごらんのとおりさ」

「だって飯は食ってるんだろう」

「――今日で三日、なにも口へは入れない」

「しようがねえなあ」

男は太息をついてこちらを眺めた。するとまた腹がくうくうと鳴ったので、なま唾をのみながら立ち、なにか考えていたが、もういちど、「しようがねえなあ」と呟やき、広縁からどこか外へと出ていった。

成信は間もなく眠ったらしい、誰かゆり起す者があるので眼をさますと、障子が仄明るくなり、すぐ側にさっきの男が立っていた。

「起きて顔を洗わねえか、飯ができたぜ」

「――飯、……どうしたんだ」

「どうしたっていいや、早く起きねえ」

男は厨のほうへ去った。年は三十四、五だろうか、色のくろい愚直そうな顔で、ちから仕事をした者に特有の、こごんだ逞《たくま》しい肩と外へ曲った太い足とが眼立った。

――それも面白い。にが笑いをして成信は起き、少しばかりふらふらするが、嗽《すす》ぎ口の廊下から井戸のほうへと出ていった。

表のほうは正門から段下りに、畑や田のある村里へとひらけているが、裏は二千坪にあまる庭がそのまま、片ほうは黒谷の深い渓流へさがり、奥へゆけばしぜんと鬼塚山へつづいている。そちらにも昔は柵をまわしてあったのだが、ずっとまえに朽ち倒れて、今では山との境界がなにもない。それで鹿とか猪とか、ときには熊などまでのこのこはいって来るし、狐や狸などは常住の巣をもっているようだ。――二十年以上も人が住まず、もちろん手入れなどもながくしないので、樹という樹は勝手なほうへ伸びたいだけ伸び、お互いの枝と枝、葉と葉をさし交わし重ねあうところへ、藪枯らしや藤や葛などがむやみに絡みついているから、どれが松どれが梅とも差別がつかなかった。……もちろん見るかぎり夏草の繁みで、地面のみえるところはごく僅かしかない。

そのひとところ、ちょうど厨口の外に当るところに井戸があり、その四、五間さきには山水を集めたほそい流れが、夏でも指のこごえるほど冷たい水を湛えて屋敷の内をよこぎっていた。

顔を洗って戻ると、夜具があげてあり、広縁のほうへ寄って男が膳ごしらえをしている、大きな鍋からはこうばしい味噌汁の匂いがひろがり、蓋をとった釜から飯の湯気が立っていた。

「顔を洗ったか、じゃあここへ坐んねえ」

男はこう云って膳のそっちを指さした。

三

坐って箸をとったものの、成信はちょっとそこで躊躇した。つまらないようなはなしだが、渇《かつ》しても盗泉《とうせん》の水をのまずということが頭にうかんだのである。

「どうしたんだ、食わねえのか」

「――いや、食わなくは、ないが」

「じゃあさっさとやんねえな、ちっとも遠慮するこたあねえんだ、ひもじいときゃあお互いさまよ、にんげん三日も食わずにいて堪るもんか」

こう云ったが、やはり成信は食べようとしない。どうしたんだ、と、男は訝かしげにこちらを見まもった。それからふいに肩をいからせ、

「そうか、おめえこの米や味噌をおれが盗んで来たと思ってるんだな、冗談じゃあねえ、そんなべらぼうな、おめえ、とんでもねえこった」

本気に怒った顔で口をとがらした。

「おらあ身銭を出して、この米も味噌もちゃんと買って来たんだぜ、嘘だと思うならいってきいてみねえ、この下の柘榴の花の咲いている百姓家だ、石臼みてえに肥えたかみさんからちゃんと買って来たんだから」

「いや勘弁してくれ、おれが悪かった、それでは馳走になる」

ほっとして成信は茶碗を持った。

終ると男は膳をさげ、厨口から出ていって、向うの流れでよごれものを洗うらしい。成信は風とおしのよい小書院へいって横になり、ぼんやり庭の樹立を眺めやった。――まもなく男がやって来た。手を拭きながらあたりを見まわし、さてと云ったが、なにか迷うようにこちらを見て、ぶしょう鬚の伸びた顎を撫でたり、ぼんのくぼを掻いたりした。

「じゃあこれでおらあゆくが、おめえまだずっと此処にいるのか」

「――まあ、そうだ」

「それでその、飯なんぞどうするんだ、なにか当てはあるのか」

「――なんにも、ない」

「ないったって、そんなおめえ、それじゃあかつえて死んじまうぜ」

「――まあそうだろう」

男はまた頤《おとがい》を撫で、ぼんのくぼを掻いた。こちらを見たり、肩をゆすったりして、なにかあいまいなことを云って、不決断にいちど出てゆこうとした。が、すぐ引返して来て、

「しょうがねえ、冗談じゃあねえ」

こう云って赤児の頭ほどの風呂敷包を腰からとり、成信の前へどさりと置いた。

「まさかおめえが飢死にをするってえのに、おれが

みすててゆかれるもんじあねえ、とんだところへへえっちまった、こんなべらぼうなはなしがあるもんか、——だが、まあしようがねえ、なんとかするから、これでも食べて待っていねえ」

「——おまえそれで、どうするんだ」

「どうするったってどうしようもねえじゃねえか、なんとかするよりしようがねえ、まあいいから此処に待っていねえ」

男は怒ったような顔でどこかへ出ていった。

——土地の人間ではないな。成信はこう思った。この附近はいうまでもない、城下町の者でさえ、この鬼塚山の御殿が廃屋であり、近づくことを禁じられ、それを犯すと罰せられることを知っている。ときおり百姓とか猟人とか樵などにやつして、まわりをうろうろする者があるが、それは滝沢一派の監視者たちで、そのなかには成信の命をちぢめる役を受持った人間もいるのである。

三年まえに此処へ幽閉されるまで、成信は江戸の京橋木挽町にある中屋敷にいた。彼は大炊頭《おおいのかみ》成豊《しげとよ》の二男に生れ、成豊の側室である生母とともに、ずっと中屋敷で育った。

大炊頭はいちど大坂城代で五年ちかく江戸を留守にしたが、その他のときは寺社奉行とか、若年寄とか、勘定奉行とか老中などとかいうぐあいに、重職の席からはなれることが少なく、参覲《さんきん》のいとまで領地へ帰るのもごく稀であった。——そういう多忙なためでもあろう、成信は二十歳になるまで数えるほどしか父に会っていない。また丸の内にある上屋敷には、長男の成武《しげたけ》のほかに女姉妹が三人いて、兄とは定日には挨拶にゆくので話しもしたが、姉や妹たちは名まえを聞くだけで顔を見たこともなかった。

成信は十五の年に他家から養子にのぞまれた、殆どまとまりかかったらしいが、父の成豊がどうしても承知せず、その後も二、三そういうはなしがあったのに、みんな断わったそうである。——これが思わぬ紛争の原因になったわけだが、成信としては、自分をはなさないのは父が自分を愛しているからだと思い、ひじょうに感動したことをおぼえている。……だが父の大炊頭は彼が二十一歳のとき卒中で倒れ、兄の成武と彼をめぐって、家督問題のはげしいあらそいが始まった。

四

まえにも記したように、大炊頭はつねづね公務に追われるため、藩の政治は老臣にまかせきりのようなかたちだった。その首班は江戸の筆頭家老で、滝沢図書助といい、風貌も才腕もずばぬけた、ひところ名執政という評の高い人物でもあった。——図書助は十五年ちかくその席にいた、それだけの能力と人望があったのだろう、しかし一方では彼に反感をもち、その政策に不満をいだく者も少なくなかった。うがちずきな人たちに云わせると、大炊頭そのひとがすでに図書助を嫌っていたそうである。……反滝沢派の中心は梶田重右衛門であるが、彼が大炊頭の側用人だったところから考えると、案外それが事実であったかもしれない。

滝沢派は兵部成武の家督をいい張った。もちろんそれが正論である。成武は長男であるし、八歳のとき将軍にめみえも済んでいる。ただ十三歳のとき脳をひどく病んでから、体だけは丈夫であるが頭がわるく、ときどきおかしな挙動をしたり、言語がはっきりしないようなところがある、それが問題であった。

梶田派は成信を擁立しようとした。

——成武が脳を病んだ直後から、大炊頭は成信に家督をなおすつもりであった。幾たびも養子のはなしがあったのを、大炊頭が断りとおしたのはそのためである。

かれらはこう主張し、その反面、成武が白痴であるということを、幕府の閣老のあいだに宣伝したらしい。……大炊頭は卒中で倒れて寝たきりだった。全身の麻痺で、口をきくこともできなかったようだ。

成信は詳しいゆくたては知らない。知りたいとも思わなかったが、三年まえの二月のはじめのある夜、いつも側に仕えている鮫島平馬という者が来て、——梶田重右衛門がとつぜん謹慎になったこと、その一派のおもだった者はみな職を免ぜられ、三人ほど追放になった者があること、そして若殿の身にも累が及ぶかもしれないので、充分に注意して貰いたいことなどを顔色を変えてあわただしく申し述べた。

注意するもしないもなかった。その翌朝、成信はみしらぬ侍たちにとり囲まれ、本所の下屋敷へと移された。そしてひと月すると上屋敷から使者が来て、大炊頭の名でつぎのようなことを申し渡された。

——おまえは一部の奸臣と謀って、兄、成武をさし越し、自分が家督になおろうと企だてた、この事実はわが家法の重過であって、とうていゆるすわけにゆかない。そのため国もとへ長の蟄居を申しつけるものである。

成信はいちど父に会いたいと云ったが、かれらは耳にもいれなかったし、中屋敷にいる生母と別れをつげるひまもなく、すぐさま領地へ送られてしまった。——この鬼塚山の御殿というのはまえの領主の山荘だったそうで、松平家が移封して来てから、成信の祖父にあたる大炊頭成光というひとが、暫く隠居所に使ったことがある。それもごく短い期間のことで、あまりに荒れているし、城と五里も離れていて不便なため間もなくやめたらしい。それからのちは番人も置かず、荒廃するままにしてあったというが、……国もとへ着くとすぐ成信はここへ入れられたのであった。

初めのうちは侍五人と、下僕が数人ついていた。そのうちに侍が一人ずつ減ってゆき、下僕も去り、今年の春から成信ひとりだけとり残された。しかし米だけはどうにか届いていたのだが、それもだんだん間遠になり、ついには米も来なくなった。——城からはときどきようすを視に来るし、この屋敷まわりには妙な人間がつねにうろうろしている、三度ばかり成信を刺しに忍びこんだ者もあった。ごく最近も表の門番所のかげから、広縁にいる彼に矢を射かけたことがある。

城からようすを視に来る役人に、従者の欲しいこと、食糧の届かないこと、また刺客のことなど、たびたび訴えてみた。すると役人は、自分たちはすべて江戸からの申しつけどおりにしているが、貴方のおこないがあまりに粗暴で、従者がみな逃げだしてしまうのである、食糧はきちんと届いている筈であると答え、また刺客の件についてはつぎのように云った。

——そんなことは有ろうとも思えないが、もし事実とすれば梶田一派のまわし者であろう、貴方のお命をちぢめて、継嗣問題の密謀をやみに葬るつもりではないか。

成信はやんぬるかなと思った。

——餓死か暗殺か、もう運命はきまった。

じたばたするだけむだである。こう覚悟をきめ、すべてを投げ出した気持で、米が一粒もなくなると共に、そこで飢え死ぬつもりで寝ていたのであった。

こういう状態のところへ賊がはいった。おそらく他国から来たもので、なんにも事情を知らないのであろうが、選りにえってこんなところへはいるというのは皮肉すぎる。——おれを素人だと思うかなどと威張ったが、おそらくそのとおりに違いない。ひとがらも悪人にはみえないし、自分の銭で米味噌を買い、煮炊きをして食わせさえした。

「家来たちがおれの命をちぢめようとしているのに、盗賊はおれに飯を食わせてくれた、妙な世のなかだ」

成信はこう呟やいて、男の置いていった包をあけてみた。中には味噌をまぶした大きな握り飯が三つはいっていた。

五

うす暗くなってから男が帰って来た。

「おう今けえったぜ」男は広縁のところからそう叫んだ、「おそくなっちまった、腹が減ったろう、いますぐ飯にするからな」

裏へまわってゆく男のうしろ姿をみおくりながら、成信はふと胸の温たまるような感動をさそわれた、自分では理解しがたい、温たかく胸のうるおうような感動である。彼は久しぶりで机に向い、それへ両肱をついて、厨口のもの音をなつかしいような気持で聞いていた。

食膳は味噌汁と飯のほかに、鉢いっぱいの梅干が出ていた。

「これもみんな買って来たものか」

「よせやい、いやなことを云うな」男は眼を三角にし、口をとがらした、「にんげんひとり抱えて、おめえ、泥棒なんぞでやってゆけるもんじあねえや」

「――はあ、そういうものか」

「独り身ならそれぁ、まあ泥棒でも食っていけるかもしれねえ、けれどもおめえという者を抱えてみりゃあ、まじめに稼がなくっちゃあ追っつきあしねえや」

「――はあ、それは気の毒だな」

「いやな挨拶をするなよ、気の毒だったってべつに、

おれだってそんなに泥棒なんぞしたかぁねえや、まあ食おう、——飯が少しかてえかもしれねえ」

夜になると夜具を並べて寝た。おそろしく疲れたとみえて、男は横になるとすぐ眠りこんだ。大きな鼾をかいたり、どたんばたんと手足を投げだしたり、夜具の外へころげ出たり、無作法きわまる寝かたであった。——成信はいつもの癖で、蚊遣り火を焚きながら、燈火をひき寄せて夜半すぎまで本を読んだ。

明くる朝も男はどこかへでかけたが、出てゆくとき成信に昼食のあるところを教え、今日はなにか魚の干物でも買って来ようと云った。

「ところで名めえが知れねえで不便なんだが、おらあ伝九郎てえんだ、伝九ってえばいいんだが、おめえの名はなんていうんだ」

「——おれか、おれの名は……信だ」

「ただ信だけかい、お侍らしくないじゃねえか、なんのなに信てえわけじゃねえのか」

「——いやそれでいい、信でいいんだ」

「ただの信、さとうただのぶか」

芝居ですりゃあ碇を背負ってくる役だ、などと、まちがったしゃれを云いながら出ていった。

伝九郎は云ったとおり、その日はちめという魚の干物を買って帰った。ここへ幽閉されてから初めての魚といってもよい、成信は幾たびも、「うまい」と云いそうになっては口をつぐんだ。——こうして三日、四日と経った。伝九郎は大妻川の堤防工事で働いているという。それはいいが、いつも厳しい監視者はどうしたのか、伝九郎のような人間が出はいりしているのに、どうしてすてておくのか、そこが成信には不審に思われた。

「この屋敷へ出はいりして、誰かに咎《とが》められたことはなかったたか」

いちどそうきいてみたところ、

「おらあそんなへまなこたあしねえよ」

伝九郎はさも狡《ずる》そうに笑った。

「この近所の百姓だって、おれたちが此処にいるこたあ知っちゃあいめえ、工事場の者なんざ云うまでもねえさ、そこはおれだって考げえてらあな」

ほの暗いうちに出て昏れてから帰る。往来とも黒谷の渓流に沿った杣道《そまみち》をとるので、まだ途中で人にであったこともないと云った。これまでの監視ぶりは、そんなことでごまかされるような、なまぬるいものではなかった。とすれば、あるいは監視がゆるんだのかもしれない。

——そういえば城からのみまわりも暫く来ないようだが。

成信はこんなふうに考えていた。

はなはだ奇妙な、一種の共同生活が、こうして続いていった。男は言葉つきこそ対等であるが、そのほかのことは主人に仕える召使いのようだった。労働をして稼ぎ、煮炊きをして成信に食べさせ、洗濯までするのである。――家臣に仕えられて育った成信すら、ときには済まないと思い、なぜこんなにしてくれるのかと、訝《いぶ》かしくなることもあった。

「おめえってひとはじつにふしぎだ」伝九郎は伝九郎でそんなことを云った、「おらあ生れてからこんな気持になったなあ初めてだが、おめえを見ているとへんに楽しいような、うれしいような、――こう、なんと云えばいいか、その、世のなかも案外いいもんだっていうような気持かな……ふしぎにそんな気持がするんだ」

「――これまではそうではなかったのか」

「そうでねえからこそ、泥棒にでもなっちめえてえ量見にもなったのよ、思いだしてもはらわたの煮えるような、ひでえめにばかりあって来たからな」

六

伝九郎はごくたまに、それもきわめて断片的に、自分の身の上ばなしをした。

生活の環境がちがうし、こまかい部分は話さないから、ごくあらましのことしかわからなかったが、ぜんたいとして、その過去はいたましいほど運が悪く、聞くほうでも暗然となるようなことが多かった。――彼は江戸の下町の生れで、家はちょっとした乾物屋だった。父親はおとなしい好人物であったが、酒を飲むとひとが変り、あるだけの金を持ってとびだしたきり、五日も六日も帰らないようなことがしばしばあった。結局は店を飲みつぶしてしまい、親子三人で長屋へひっこむと、まもなく父親は急死した。急死といっても酔って川へおちて死んだのである。

「おらあそれで七つの年から蜆《しじみ》を売りに出たもんだ」

母親が後夫をむかえ、彼は日本橋のほうの海産物の問屋へ小僧にいった。義理の父というひとがまたずぬけた酒のみで、母親はずいぶん苦労したらしい、そのためか三年ばかりして亡くなった。

「だから十三でおらあみなしごになったわけだ、本当はみなしごなんだが残ったその義理のおやじてえのがいる、こいつがおれの厄病神になりあがった」

新三というその男は、妻に死なれてから三日にあげず店へ来た。伝九郎をよびだして小遣い銭をねだる、いつもひどく酔っていて、大きな声をあげたり、ときには暴れたりした。なにかの職人だということだが、もうまえから仕事などはしないらしい。博奕《ばくち》うちにでもなっているのか、風態も悪いしいやな人相だった。——問屋の主人もそんな人間にしげしげ来られるのは迷惑だったろう、新三がたびたび、「こんな給金の安いところへ置くわけにあいかねえ」などと云うのを幸い、二年たらずで態よく店からひまをだされた。

伝九郎は樽ひろいをした。子守りもした。石屋、左官、車屋、米屋、いろいろな家へ小僧にいった。だがそれは職をおぼえるためではない、年季奉公の約束で、さきに幾ら幾らと養父が金を取る、そうして少し経つとそこを逃げだすのである。つまり先取りの金が目的なのだ、——なかには奉公さきがよくって、逃げたくない、この家で暮したい、そう思うことがある。すると日本橋の問屋の例で、養父が毎日のように酔っぱらって来て、前借を増せとか、給金が安いとか喚きたて、店さきへ寝たり、暴れまわったりする、それでたいてい向うからひまがでた。

二十五で妻をもらったとき、伝九郎は本所で左官のてつだいをしていた。妻は居酒屋などにいた女らしく、養父が連れて来ていつくようにさせたのであるが、以来、その長屋のひと間は博奕場のようになった。いつも妙な人間が出いりをし、夜どおし賽ころや花札の音がしていた。妻は伝九郎などそっちのけで、そのなかまと博奕を打ったり、酒の相手をして騒いだり、まるで夫婦というようなものではなかった。

「その女は百日もいたかな、まもなくそのなかまの一人とどこかへいっちまった、じつはそれがその女の本当の亭主だったらしい」

養父は彼を搾れるだけ搾りとおした。そして胃を病んで死んだのであるが、寝こんでから息をひきとるまで、半年以上ものあいだ彼を「不孝者」といって罵り続けた。——伝九郎は三十になっていた、はじめて自分ひとりの、好きなように生きられるときが来た。そう思ったのであるが、これといって手に職があるわけではないし、年がもう年で、そのときどきの仕事を転々と稼ぐよりほかにしかたがなかった。

三十一で二度めの妻をもった。もう二十三になる気の強い女でいちど嫁にいったことがあるらしい、こまめに働くのはいいが、口やかましいうえにぐちっぽくて、おそろしい吝嗇《りんしょく》で、しかも平気で嘘をついた。

「そのじぶんおらあ車力をしていたが、親方にみこまれて古石場の近くへ帳場を持たせてもらった、堅いところをみこまれたんだろう、車を十二台と曳き子を三人あずかった、貸し車もするわけなんだが、——その曳き子のなかに吉五郎という男がいて、こいつはおれより古株なんだが、……悪い野郎で、三月と経たねえうちに帳場の金をさらってずらかりやがった、それればかりならいいが、十二台の車もひとに売る約束で、その金も持っていきやがったにはびっくりした」

もちろん彼はその親方とは縁が切れた。一方では妻の吝嗇と嘘つきと口やかましいのにあいそをつかしていた、がみがみと云いたいほうだいのことを云って、それこそ三杯の飯を二杯に詰めて、そうして自分はへそくりを溜めるというふうだった。――もう顔を見るのも声を聞くのもいやらしくなったので、古石場の帳場がつぶれるとすぐ、彼は江戸を逃げだした。

七

「この土地へ来るまでにゃあずいぶんほうぼう渡り歩いたが、どこにもおちつく場所はなかった、世間はせちがれえし、にんげんは狡くて不人情で、おらあ小股をすくわれたり落とし穴へつきおとされたり、ひでえめにあいどおしだった、――さすがのおれも業《ごう》が煮えて、やけっぱちになって、そうして、……ええくそ、そっちがそうならこっちもと思って――だが智恵のねえやつはしようがねえ、泥棒にへえったのがこの化物屋敷だよ、……へっ、まったくのところうまく出来てやがる」

話しはごくとびとびで前後がとり違ったり、同じことをなんども繰り返したりした。そのうえ成信には理解のつかないところがたくさんある、樽ひろいとか蜆売りとか、そのほか日傭《ひよう》とりの暮しなどは殆どわからなかった。――しかし成信にはその話しは楽しかった、楽しいといっては違うかもしれない、事実はいたましく哀れなのだ、聞いて思わず歎息のでるようなことがしばしばであった。けれどもそこには成信などの知らない、活き活きした生活があり、人間のあからさまなすがたが感じられた。

夜半に眼がさめて、隣に熟睡している伝九郎の寝息を聞きながら、成信はしみじみとしたおもいで、酔って川へはまって死んだという彼の実父のことを想像した。七つという年で蜆を売り歩いたという、霜のおりた、寒い、早朝の街のひっそりとした景色を、眼にえがいてみた。

――このおれがもしそのような身の上だったら。

成信は彼と自分とを置き替えてみた。すると置き替えたほうが人間らしく、生き甲斐のあるように感じられた。

古石場の帳場から金をさらって逃げたという男。吝嗇で嘘つきで口やかましい女房。彼を苦しめ、搾れるだけ搾りながら、死ぬまで彼を「親不孝者」と罵ったという養父。妻とは名ばかりで、博奕を打ち酒を飲んで騒ぎ、じつはほかに本当の亭主があったという初めの女。――みんなそれぞれ狡猾でいやらしい、だがそうやって伝九郎をいためつけ、彼を騙し、彼を憎み、彼からくすねたり奪ったりしながら、かれら自身もそれほど恵まれはしなかったであろう。……今でもどこか世間の隅のほうで、それぞれの苦しい生活に追われ、ときにつくねんと溜息でもついているのではないだろうか。

――みんな気の毒な、哀れな本当はよき人たちなんだ。少なくともおれの周囲にいる人間よりは人間らしい。

二十日あまりいっしょに暮すうち、成信はすっかり伝九郎が好きになった。彼の体には生きた世のなかの匂いが附いている、良いところも醜いところも、卑しさも清らかさもひっくるめた、正直なあるがままの人間の呼吸が感じられた。

「おう信さん、おめえどじょう汁を食うか」

「――よく知らないが食うだろう」

「食うだろうってどじょう汁も知らねえのか、へえ、おめえ知らねえものばかりじゃねえか」

「――うん、まあそんなところだ」

「よっぽど家が貧乏か、それともお大名の若さまみてえだぜ」

こんなふうで、まだ口にしたことのないものもいろいろ食べた。武家の生活とは違って、無作法な下品なような感じであるが、すべてに情があり真実がこもっていた。――炊きたての飯に熱い汁をかけて食ううまさ、肌ぬぎの茶漬け、青じその香をきかした冷奴、さらに釜底の狐色に焦げたところへ塩をふった握り飯など、品も作法もなくうまかった。これが本当の食べものだという気がした。

「おもしれえことがあるぜ、信さん」ある夜、夕餉をとりながら伝九郎がこう云った。

「世のなかは広大だ、おれがどじだと思ったら、おれに輪をかけた野郎がいやがる」

「――それはいることは、いるだろう」

「いるったって、それがおめえ、泥棒だぜ」

「――ばかなことを、まさか……」

「それがそうらしいんだ、百姓みてえな恰好なんだが、表の塀のまわりや、裏庭の奥のほうをときどきうろついている、おらあ気がつかねえふうで見ているが、さっき飯を炊いてるときもちらっとしやがった、――厩のぶっ壊れたのがある、あのかげのところだ」

成信は顔を俯《うつむ》けた。表情の変るのをみられたくなかったのである。伝九郎はまるで気がつかず、にやにやしながら面白そうに云った。

「今夜あたりへえって来るかもしれねえ、そうしたらこんだあおれが見物する番だ、へっ、つんのめったり、踏みぬいたり、どたんばたん独りで暴れて、埃まみれの汗だくんなって、それですっからかんのなんにも無しとくらあ、——へっ、野郎びっくらして馬鹿にでもなっちまうな」

だがその夜はなにごともなかった。

八

「どうしようてんだ、あの野郎、なにをいつまでまごまごしてるんだ、まだへえる決心がつかねえのかな」

伝九郎はもどかしそうに舌打ちをした。

「思いきってへえりゃあいいじゃねえかなあ、こっちは手出しはしねえんだ、見ていて笑ってやろうってだけなんだ、八方あけっ放しで待ってるんだ、よっぽどの臆病者にちげえねえ」

彼がいくら不平を云っても、やっぱり泥棒のはいるようすはなかった。——するとある日、伝九郎がその話をしてから七日ほど経っていたが、曇り日のむしむしする午後、成信が小書院で横になって本をみていると、まえ庭のほうで「若殿、若殿——」という声がした。成信は頭だけそっちへ向けて、誰だ、と、もの憂げに答えた。

「平馬でございます、鮫島平馬でございます」

成信はだるそうに本を投げた。鮫島平馬、ああ江戸の中屋敷にいた男か、そう思ったが、起きてゆく気持にはなれなかった。

「——なんだ、おれになにか用か」

「急ぎますので、要点だけ申しあげます、大殿には御他界にございます、御承知でいらっしゃいますか」

「——知らない、初めて聞いた」

五月十日に逝去したと云うのを聞きながら、成信は眼をつむって、口のなかでそっと、「父上」と呟いた。平馬はさらに、梶田重右衛門が家老に就任し、滝沢図書助が待命になったこと、つまり情勢が大きく変化し始めたことを述べた。しかし成信にはもうそんなことは興味がない、誰が勝ち誰が負けようと、権力の席がどう変ろうと、彼にはなんの関わりもないことだ。

——そうか、父上はお亡くなりなすったのか、御臨終は平安だったろうか、中屋敷の母上はおなごりを申しにあがれたろうか。

平馬はなお続けていた。この山荘は早くから自分たち同志の者で護って来た。すでに滝沢家の監視はゆるんでいるが、情勢がはっきり決定するまでは油断ができない。非常手段を打たれる心配もあるから、いま暫くこのままかげから守護をしている、若殿にもそのつもりで辛抱して頂きたい、などとも云った。

そのなかで一つ意外なことがあった。それは三度あらわれた刺客も、ふいに矢を射かけた者も、みな梶田一派の人間だったということで、これには成信もびっくりした。

「まことにやむを得ぬ、苦肉の策でございました」

平馬は歯をくいしばった声でそう云った。

「滝沢党ではかねてから、若殿のお命をおちぢめ申すてだてにあいみえました、それで逆手を打ったのですが、かれらは幸いこれをみやぶることができず、手を濡らさずして目的を達すると思ったようすでございました、――かような事情で、万やむを得ない窮余の策ですから、無礼のだんはどうぞ幾重にもお赦しを願います」

成信はしまいまで横になっていた。そうして平馬が去ろうとしたとき、

「――みんなにそう云え、もうおれに構うな、いいか、おれのことは放っておけと」

刺客が自分のみかただったということは、なによりも成信を不愉快にした。それは愚弄ではないか、そのとき成信はしんけんであった。本当に暗殺されるかもしれないと思った。枕のそばへ刀を置く習慣も、夜よく熟睡のできない癖も、みんなそれ以来身についたものである。

――刺客などが来るとすれば梶田一派のまわし者であろう。

城からみまわりに来た役人が、そう云って冷笑したことを思いだす。かれらは裏を掻かれていたわけであるが、成信の身にすれば、「裏を掻く」ことのほうがずっと恥ずかしかった。

「いやだ、つくづくいやな世界だ」

成信はこう呟やき、なにもかも忘れたいというように、頭をはげしく左右に振った。

「――伝九、二人でどこかへゆくか」

成信はその夜そう云った。

「悪くはねえな、おめえさえいてくれりゃあ、おらあどこでどんな苦労でもするぜ」

「――なに、おれだって、なにか、するさ」

「そりゃあさきゆきゃあそうさ、にんげん遊んで食ってちゃあ天道さまに申しわけがねえ、けれどもせくこたあねえぜ、おめえの体が丈夫になり、そういう気持が出てからのはなしさ」

「――おれは、体は丈夫だよ」

「自分じゃあそのつもりだろうがそうじゃあねえ、おめえの体は病んでる、病気てえものじゃあねえかもしれねえが」

伝九郎はきまじめな顔でこちらを見た。

「そうよ、体か心んなかかわからねえが、とにかくどこか相当いたんでる、おらあこれでそういう勘はわりかた慥かなんだ」

「――ほう、そんなふうにみえるかな」

「心配するこたあねえんだぜ、信さん、おれがついてるからな、大船……ってえわけにゃあいかねえが、おれにできるだけのこたあするつもりだ、まあいいから、当分おめえは暢気にしていねえ」

九

成信は本気であった。伝九郎といっしょにここを出奔し、どこでもいい、この身で働いて、人間らしい慎ましい生活をしよう。伝九郎を騙し、搾り、くすね、罵り辱めたような人間はどこにでもいるに違いない。しかしそれもさして悪くはない、権力争奪の傀儡《かいらい》にされるより、はるかに人間らしく、生き甲斐もありそうだ。

――出てゆこう、伝九郎といっしょに、自分で働いて生きよう。

成信がそう決心するのと反対に、伝九郎はなかなか動くけしきがなかった。堤防工事の人足の親方がだいぶ彼に執心で、その頃はもう小頭にひきあげていた。さきへいってはひと現場まかせてもいいような口ぶりらしい。

「自分でもいやなんだが、どうもおれにゃあそういうところがあるらしい」伝九郎はてれくさいような眼つきをした。「おらあ嫌えなんだ、そういうことはいやなんだけれども、――古石場のときもそうなんだが、へんに信用されるところがあるらしい、べつにおべっかを遣うようなこたあねえつもりなんだが」

しかし信用されてみれば悪い気持ではないし、こちらもそれだけのことをする義理はある。伝九郎はそういうつもりのようだ。

「此処はこのとおりぶっ壊れの化物屋敷で、誰に邪魔をされる心配もねえ、閑静で暢気で、おれたちがこうしているにゃあ持って来いだぜ、――とにかくもうちっといてみようや」

こんなふうに云っているうちに、十日ばかり経ってしまった。

その日はよく晴れて、秋をおもわせるような、爽やかな、ややつよい西風が、朝からしきりに樹々の枝を鳴らしていた。伝九郎がでかけて一刻あまり経ったろうか、遠くから馬蹄の音が近づいて来て、表門のところで停った。――五、六騎はいるらしい、成信はどきっとし、刀をひきよせてそっちを見た。平馬が云ったように、滝沢派で非常手段を打ちに来たのかもしれない。

――もうやみやみと討たれはしないぞ。

こう思っていると、前栽をまわって五人の武士がはいって来た。なかに一人、塗笠を冠った者がいて、その者だけがそこで笠をぬぎ、刀を侍者に渡して、こちらへ進んで来た。他の四人はその場に膝をついて控えたが、鮫島平馬の顔もそのなかにみえた。

こちらへ来たのは椌久左衛門《むろきゅうざえもん》という者だった。江戸の上屋敷でたびたび会ったことがある、中老格で、慥かずっと馬廻り支配をしていた筈だ。年は四十三、四、柳生流の達者だと聞いたように思うが、――今みるとたいそう痩せて、左右の鬢が白くなったし、日にやけて、とがったような顔に、おちくぼんだ眼だけが強い光を帯びていた。

「おみ忘れでございましょうか、椌久左衛門にございます」

縁さきに片膝をついて彼はこう云った。そうして、頭を下げたまま、成信にながい辛労をさせたことを詫び、城へ迎えるために来たこと、詳しい事情は城へいってから申しあげよう、御乗馬を曳いて来てあるから、すぐしたくをしてお立ち下さるようにと云った。

「――おれに構うな、平馬にそう申した筈だ」

成信は正坐して静かにそう答えた。

「――城へはゆかぬ、いやだ」

「わたくしは五日まえに江戸からこちらへ到着いたしました、当地におきましてのおいたわしい御日常は、江戸でもあらまし承知しておりましたが、こちらへまいり、三年以来の詳しいことを聞きまして、おそれながら五体も砕けまじい、心魂の消えるおもいにございました」

「――おれが飢えていたことも聞いたか」

成信は寧《むし》ろほほ笑みながら云った。

「――おれが泥棒に食わせて貰っていることも聞いたか」

「おそれながらすべて承知いたしております、その者とのお暮しぶりも、そのお暮しぶりが御意にめしたというごようすも、また、御身分をすてて世に隠れるおぼしめしのことも、すべて承知いたしております」

これは成信には思いがけない言葉だった。平馬か、とも思ったが、平馬にもそこまでわかる筈はない、出奔して庶民のなかへはいろうという思案は、伝九郎のほかに知る者はない筈である。――では伝九郎か、そう考えてきて成信ははっと眼をあげた。

「――伝九郎の足をとめたのはそのほうどもか」

「当地の者どもが計らいました、知れざるように手をまわして、賃銀も多く遣わし、役もつけ、今後もながく当地にいて、身の立つようにとも計らってございます」

「――それでおれが城へ帰ると思うのだな」

成信は冷やかな、しかし強い調子でこう云った。

「――おれはいやだ、もうおれに構うな、おまえたちの傀儡になるのはもうごめんだ、おれは人間らしく生きることを知った、おれは人間らしく生きる」

「その仰せは覚悟のうえでまいりました」

久左衛門はこう云って静かにこちらを見あげた。

十

「おぼしめしどおり市井《しせい》のひととなり、御意のままにお暮しなされば、御身おひとつなんのお心づかいもなく、無事安穏におすごしあそばすことができましょう、しかしそれだけでようございましょうか、御自分だけ気まま安楽におすごしあそばせば、他のことはどうなろうと構わぬ、そうお思いなされますか」

久左衛門の眼はきらきらと光った。

「ただいまそのほうどもの傀儡と仰せられましたが、このたびの御継嗣問題では三名の者が切腹しております、梶田どのをはじめ同志の者ども、みないのちをなげだし、肝胆を砕いて奔走いたしました、――こんにちまでの若殿のながい御艱難《かんなん》は、申すもおそれおおいしだいですが、われらもまた死ぬ覚悟でやってまいったのです、……滝沢どの一党が兵部さま御相続をしいましたのは、おそれながら御瘋疾にわたらせらるるを幸い、おのれの権勢をほしいままにし、専制、事をおこなう手段でございました」

しだいに声が激しく、調子もぐんぐん強くなった。

「これまでも滝沢どの一党の専断は眼にあまるものがあり、大殿にもよほど御心痛あそばされたとうかがっております、兵部さま御瘋疾のあとより、若殿を御世子になおし、それによって重職の交替と、政治の更新とを御思案あったと承りました、――さればこそ梶田どのはじめわれら同志の者は、骨を砕き肉を削るおもいでやってまいったのです、御家のため、政治を建てなおすため、ひいては七万五千石の領民のために、……そうしてようやく今日という時がまいりました、この日のためにみな身命をなげだして働いたのです、――若殿、こなたさまはこれらの者を捨てて、自分おひとりだけ安穏に暮したいとおぼしめしますか」

いつか成信は眼を伏せていた。久左衛門は声をやわらげ、そっと息をついて続けた。――人間には身分のいかんを問わずそれぞれの責任がある、庶民には庶民の、侍には侍の、そして領主には領主の、それぞれが各自の責任を果してこそ世のなかが動いてゆく。領主となって一藩の家臣をたばね、領民の生活をやすんずるよき政治を執るということは、市井のひとになるよりは困難で苦しい。しかし大殿も先大殿も、その苦しい困難な責任を果された。……気まま安楽に生きたいと思うまえに、自分の責任ということも考えなければならぬであろう。われわれ同志ばかりでなく、一藩をあげてあなたを待っている。みんな手をさしのべるおもいで待っているのである。

――久左衛門はこう云って、涙でうるんだ眼でじっとこちらを見まもった。

「お帰り下さい、若殿、お願いでございます」

眼を伏せたまま成信はやや暫く黙っていた。さっきからみると頬がこけ、眉のあたりに一種の気宇のあらわれがみえる、彼はやがて静かに顔をあげ、あるかなきかに頷ずきながら云った。

「――わかった、城へ帰ろう」

それが聞えたのだろう、前栽の脇につくばっていた四人の者達が、いっせいに芝の上へ手をつき、耐えかねた様に、啜り泣きの声をあげた。

「――伝九郎はおれにとっては、恩人ともいうべき者だ、ゆくすえをくれぐれも頼む」

「必ず御意どおりにつかまつります」

「――おれは明日ひとりで帰る、彼とひと夜なごりをおしみたい、今日はこれでひきとるように」

成信はかれらが去ってからも、ながいことそこに坐っていた。それから庭へ出てゆき、荒れはてた邸内をあちらこちら歩き廻った。彼の相貌はひきしまり、あたりを見廻す眼には強い意志のいろがあらわれた。

「――伝九、……おれは帰るよ」

口のなかでそっと呟やき、風のわたる晴れあがった空へと、かなしげに眼をやった。

伝九郎が帰って来たとき、成信は竈で汁を拵えていた。頭から灰まみれで、煙にまかれたのだろう、眼のまわりを黒く汚していた。伝九郎はびっくりし、とんで来て、彼の手から火吹き竹をひったくった。

「なにをこんな、おめえがなにもこんなことをするこたあねえじゃねえか、冗談じゃねえ、お天気が変らあ」

「――今日はおれがするよ、わけがあるんだ」

「わけがあったっておめえに出来るこっちゃねえ、おれが代るから向うへいって」

「――いや、もう済んだんだ」成信は鍋の蓋をとり、笊にあげてあった刻み大根を入れた。

「――飯も炊けたし、魚も焼いてある」

「こいつあびっくり仰天だ、冗談じゃあねえ、せっ

かく続いていた日和が、これできっとおじゃんになるぜ」

「――まあ足を洗え、そして飯にしよう」

十一

食膳に向うと伝九郎はもういちど驚いた。

「おめえこれあ、これあどうして、ちゃんとしたもんじゃあねえか」

「――ちゃんとしたもの、とは、なにがだ」

「飯も上出来だし魚の焼きかたもいいし、おまけに芹のしたたしたあ驚いた、こいつあたいした驚きだ、兜をぬいだぜ」

成信は笑ってなにも云わなかった。

「お侍は恐えてえことを云うがまったくだな、すまして肩肱を張ってるが、いざとなりゃあこんなこともできるんだ、やっぱり修業てえものが違うんだな」

「――そう褒めるな、まぐれ当りだ」

「御謙遜にゃあ及ばねえ、と、思いだしたんだが、おめえさっきこれにゃあわけがあるとか云ったようだが、ありゃあなんだ」

「――うん、しかしそれは、食べてからに、しよう」

「気をもたせねえでくれ、心配になるぜ」

食事をしながら話すつもりだった。しかし箸をとってみると口がきれない、それでいっとき延ばしたわけであるが、食事が済み、あと片づけが終って、いつもの炉端へ坐ってからも、胸さきの詰るような気持で、どうにも話しができなかった。

「どうしたんだ、わけてえのはなんだ」

「――なに、たいしたことでは、ないさ」

「たいしたことでねえにしても、話しを聞かなくちゃあおちつかねえ、云ってくんねえな」

成信は蚊遣りの煙にむせて、咳をしながら脇へ向き、笑いながら、じつはわけもなにもない、あのときのでまかせだと云った。

「冗談じゃあねえ本当かいそれあ、本当になんにもわけぁねえのかい」

「――いちどぐらいは、おれが煮炊きをして、伝九に食べて貰いたかった、おまえにはずいぶんながいあいだ、世話になったから」

「やめたやめた、そんな水臭えこたあ聞きたかぁねえ、おらあ横にならして貰うぜ」

伝九郎はそこへ寝ころび、手足をうーんと思いきり踏みのばした。――いつもそうして、その日の仕事場の出来ごとなどを話し、終りのほうは舌がもつれて、欠伸が欠伸につぐようになると、そのままそこで眠ってしまう。夜中になって気温の下るじぶん、成信が起して寝床へいれてやるのだが、その夜はいつもより早く、十時頃にはゆり起した。

「――さあ寝るんだ、風邪をひくぞ」

伝九郎は殆ど夢中のようで、這って夜具までゆくとそれなり、手足を投げだして眠りこけた。――成信はその寝姿を、やや暫く見まもっていたが、裏庭の樹をわたる風の音を聞いて、われに返ったように立上った。――今だ、今ゆかぬと気が挫ける。

時が経つほどみれんが強くなる。朝までというつもりだったが。早いほうがまちがいなしと思い切って、なにもかもそのまま、立っていってすばやく身仕度をした。――袴をはき、刀を持てばよい、広縁のきしみを除けて、沓脱ぎの草履をさぐり当てた。そうして前庭へ出てゆくとたん、うしろから伝九郎の声がした。

「おめえいっちまうのか、信さん」成信は身の竦む思いで立停った。「おれを置いて、いっちまうのか」

「――伝九郎、堪忍してくれ」

成信は頭を垂れ、声をころして云った、「――おまえはこの土地でりっぱに生きてゆける、おれも生きたい、おれも武士として生きたくなった、おまえがおまえらしく生きるように、おれもおれらしく生きたくなったんだ、……世話になり放しで済まない、まことに済まないがおれをゆかせてくれ」

「晩の飯はこのためだったんだな」伝九郎は広縁の柱を抱いたまま云った、「おらあ信さんといっしょにいたかった、一生ふたりで暮せると思ってたんだ、信さんと暮すようになってから、初めておらあ生きる張合ができ、世のなかが明るくみえてきた、ようやっと人間らしい気持になれたのに、――いまんなっておめえにいかれちまう、信さんてえものがいなくなる、……伝九が可哀そうだたあ、思っちゃあくれねえのか」

成信は夜の空をふり仰いだ、頭をはげしく左右に振り、きっぱりと力をこめて云った。

「――また会おう、伝九、人間にはそれぞれの道がある、おれはおれの道をゆくんだ、達者でいてくれ、さらばだ」

成信は思いきって、大股にぐんぐん歩きだした。

「それじゃあ、いっちまうんだな、信さん」伝九郎の声がうしろから追って来た、「おらあもうとめねえよ、――どうかりっぱに出世してくんな、……祈ってるからな、病まねえようにして、――いつか、もしできたら、会いに来てくんな、信さん、おらあ待ってるぜ」

歯をくいしばり、耳をふさぐおもいで、成信はずんずん門の外へ出た。するとそこに誰かいてつくばった。

「お供をつかまつります」鮫島平馬である、成信は

頷いて、そのまま道を下っていった。
まだ西風が強く、夜空はちりばめたような星であった。
――信さん、いっちまうのか信さん。
成信の耳には伝九郎のかなしい声がいつまでも聞えていた。

周五郎
人間愛のエスプリ

「泥棒と若殿」 1949年 上梓

泥棒が若殿の世話を焼きながら、自らの半生の不遇をこぼす。若殿は、泥棒を苦しめた人々についても「みんな気の毒な哀れな本当は良き人たちなんだ。少なくとも俺の周囲にいる人間よりは人間らしい」と独白し、泥棒を好きになっていく。

そして、泥棒の人生を通じて「武家の生活とは違って、無作法な下品なような感じであるが、すべてに情があり、真実がこもっていた」庶民の生活の真実を知った若殿は、泥棒と新たな人生を企てる。

読者もこの二人の珍妙なコンビの新生活に大いなる期待をもつのだが、大名としての責任をとくとくと述べる老臣の言により、それは叶わない。皮肉にも、泥棒との出会いと友情が若殿に自らの宿命を受け入れなければならない精神世界を作り上げていたからである。それは、利他の心、人のために何かをなすことが、何より大切であるという泥棒が身をもって示した教えである。

本作のクライマックスは、若殿の気づきを象徴的に示した若殿自身が行なう炊事の場面である。若殿が自身の定められた立場を受け入れたからこそ、二度とすることはないであろう、そして泥棒が当り前にやってくれていた炊事をしたのである。

周五郎は、ここに、人間愛と社会の掟の対比を、鮮やかに浮き彫りにしたのである。そして、泥棒との出会いが若殿を名君にするであろうと読者は深く頷くのである。

◆山本周五郎　略年譜◆

1903年（明治36）		6月22日、山梨県北都留郡初狩村（現：大月市初狩町）で、父・清水逸太郎、母・とくの長男として誕生。本名、三十六（さとむ）。
1907年（明治40）	4歳	8月、長雨による山津波で祖父母、叔父、叔母を失う。一家で東京府北豊島郡王子町（現：北区豊島）に転居する。
1910年（明治43）	7歳	4月、豊川小学校に入学。その後、横浜市久保町（現：西区久保町）に転居、西戸部小学校へ転校。
1911年（明治44）	8歳	学区の編成替えで西前小学校に転学。学校新聞、回覧雑誌の編集に励む。
1916年（大正5）	13歳	西前小学校卒業。卒業と同時に東京市京橋区木挽町（現：中央区銀座7丁目）にあった質店・山本周五郎商店に徒弟として住み込む。
1923年（大正12）	20歳	関東大震災によって山本周五郎商店が被災し、解散となる。関西へ向かい、神戸市須磨に転居。神戸では「夜の神戸社」へ編集記者として就職する
1924年（大正13）	21歳	1月、上京。下谷区（現:台東区）に下宿ののち、新橋・板新道へ転居。
1925年（大正14）	22歳	帝国興信所文書部（日本魂社）に入社。
1926年（大正15・昭和元）	23歳	4月、「須磨寺附近」が『文藝春秋』に掲載される。10月、母・とく死去。
1928年（昭和3）	25歳	夏、千葉県浦安町（現:浦安市）に転居。10月、日本魂社を解雇される。
1929年（昭和4）	26歳	秋、芝区琴平町（現：港区虎ノ門）に転居。
1930年（昭和5）	27歳	11月、土生きよえと結婚。鎌倉郡片瀬界隈（現:藤沢市）に2カ月住まう。
1931年（昭和6）	28歳	1月、東京府荏原群馬込村（現：大田区山王、馬込周辺）に転居、のち馬込東（大田区馬込）に移転。9月、長男・篌二誕生。
1932年（昭和7）	29歳	「だゝら團兵衛」が『キング』に掲載される。
1933年（昭和8）	30歳	長女・きよ誕生。
1934年（昭和9）	31歳	6月、父・逸太郎死去。
1935年（昭和10）	32歳	6月、次女・康子誕生。

1942年（昭和17）	39歳	6月、「松の花（日本婦道記）」（『婦人倶楽部』）。以後、「日本婦道記」を継続執筆。
1943年（昭和18）	40歳	第17回直木賞に『日本婦道記』が選ばれるが辞退。3月、次男・徹誕生。
1945年（昭和20）	42歳	5月、妻・きよえ死去（享年36歳）。
1946年（昭和21）	43歳	1月、吉村きんと再婚。2月、横浜市中区本牧元町の西谷家に隣接する空き家に転居、西谷家の離れを仕事場とする。11月、一人雑誌『椿』（操書房）に「柳橋物語」前編掲載。12月、「寝ぼけ署長」（『新青年』）連載始まる。
1948年（昭和23）	45歳	自宅近くの旅館・間門園に仕事場を移転。
1949年（昭和24）	46歳	「泥棒と若殿」上梓。
1951年（昭和26）	48歳	「雨あがる」上梓。
1954年（昭和29）	51歳	「樅ノ木は残った」（『日本経済新聞』）連載開始。「四日のあやめ」「日日平安」上梓。
1958年（昭和33）	55歳	「赤ひげ診療譚」上梓。
1959年（昭和34）	56歳	『樅ノ木は残った』が毎日出版文化賞に選ばれるが辞退。「五瓣の椿」上梓。
1960年（昭和35）	57歳	「青べか物語」上梓。
1961年（昭和36）	58歳	文藝春秋読者賞に『青べか物語』が選ばれるが辞退。「虚空遍歴」上梓。
1962年（昭和37）	59歳	「季節のない街」上梓。
1963年（昭和38）	60歳	「さぶ」上梓。
1964年（昭和39）	61歳	「ながい坂」上梓。12月、間門園の仕事場近くの階段で転倒。その後健康が衰える。
1967年（昭和42）		1月、「おごそかな渇き」上梓。2月14日、肝炎と心臓衰弱のため間門園にて死去。享年64歳（満63歳）。
2022年（令和4）		横浜市中区本牧に、山本周五郎記念碑「本牧道しるべ」建立。

あとがき

山本周五郎の作品の魅力は、人の心に秘められている表現することが困難な繊細な感性を、「まさに、それだ！」と読者が膝を打つ正確さで紡ぎ出すところにある。それは、周五郎の内面から湧き出る声に他ならないのではないだろうか。本書はそうした周五郎の体温を感じてもらうことを目標に作った。

横浜で人生の佳境を過ごした周五郎の足跡を辿り、周五郎が何を考え何を生み出したかを捜す旅、それは、なぜ今なお周五郎作品が日本人に広く愛されているかという疑問への答になるはずである。

思いやりを至上のテーマに据え、他者とのふれあいにささやかな幸せを感じて生きていく人々を温かく見守る——日本人の原点をぶれることなく追い続けた周五郎。その作品こそ、二十一世紀半ば多くの困難を抱える日本人の心の故郷になるはずである。

本書が、多くの方々にとって周五郎作品への確かなアプローチとなることを祈るばかりである。

二〇二三年一月　　　犬懸坂祇園

編集にあたり、主に以下の文献を参考にしました。

『青べか物語』山本周五郎（新潮社）
『花杖記』山本周五郎（新潮社）
『暗がりの弁当』山本周五郎（河出書房新社）
『決定版 山本周五郎全集 決定版日本文学全集第5巻』山本周五郎（文豪e叢書）
『新潮日本文学アルバム 18 山本周五郎』（新潮社）
『人情裏長屋』山本周五郎（新潮社）
『また明日会いましょう 生きぬいていく言葉』山本周五郎（河出書房新社）
『四日のあやめ』山本周五郎（新潮社）
『夫 山本周五郎』清水きん（福武書店）
『素顔の山本周五郎』木村久邇典（新潮社）
『山本周五郎 横浜時代』木村久邇典（福武書店）
『没後50年 山本周五郎展』（神奈川近代文学館）
『YOKOHAMA YUMEZA1999-2019「夢を紡いで20年」』（横浜夢座）

協力（敬称略）

本牧周五郎会
会員 松野由紀子 大久保箇子 相澤竜次 加藤恵里子 並木紘子 大久保文香
賛助会員 桂歌助 五大路子

秋山亮二 藤木幸夫 浦安市郷土博物館 中央葡萄酒株式会社
小川光男 松野貴大 神奈川近代文学館 横浜開港資料館
鶴山大輔 村田進 小石川植物園 横浜市中央図書館
中澤一雄 森直実 新潮社 横浜市八聖殿郷土資料館
丹羽博利 須磨寺 横浜夢座
林義勝 西洋菓子 周五郎 吉野屋

執　　筆　大久保文香
黒川昭良
小柴俊雄
犬懸坂祇園

木 版 画　高橋幸子
水 彩 画　矢野元晴（鎌倉水彩画塾）
編集協力　早田秀人
デザイン　青山志乃（ブルークロス）

山本周五郎の記憶
横浜の光と影を愛した文豪

2023 年 3 月 10日　初版第 1 刷

制 作　山本周五郎記念事業団
編　集　犬懸坂 祇園
発行人　田中 裕子
発　行　歴史探訪社株式会社
〒 248-0007 鎌倉市大町 2-9-6
Tel 0467-55-8270 FAX 0467-55-8271
http://www.rekishitanbou.com/
発売元　株式会社メディアパル（共同出版者・流通責任者）
〒 162-8710 東京都新宿区東五軒町 6-24
Tel 03-5261-1171 Fax 03-3235-4645
印刷・製本　新灯印刷株式会社

ISBN978-4-8021-3382-1